A Breath

in

Between

蒋在 ·················· 著　　外面天气怎么样

人民文学出版社

图书在版编目（CIP）数据

外面天气怎么样 / 蒋在著. -- 北京 ：人民文学出版社，2025. -- ISBN 978-7-02-019583-1

Ⅰ. I247.7

中国国家版本馆CIP数据核字第2025SQ4297号

责任编辑　欧阳婧怡
装帧设计　陶　雷
责任印制　张　娜

出版发行　人民文学出版社
社　　址　北京市朝内大街166号
邮政编码　100705

印　　刷　北京新华印刷有限公司
经　　销　全国新华书店等

字　　数　158千字
开　　本　787毫米×1092毫米　1/32
印　　张　10　插页1
版　　次　2025年10月北京第1版
印　　次　2025年10月第1次印刷

书　　号　978-7-02-019583-1
定　　价　59.00元

如有印装质量问题，请与本社图书销售中心调换。电话：010－59905336

目　录

初　雪

1

她刚过地铁安检，电话又响起来。

人潮如蚁一波一波涌动，挤上去像是插进了一个缝里难以动弹。她在夹缝里抬起手机看一眼，来电地区显示还是贵阳。她的心动一下，又动一下。来北京这么多年，跟贵阳没有丝毫联系，不祥的预感有点像呼啸而过的声音，在脑子里嗡嗡回旋。

又是《冰雪奇缘》的手机铃声，旋转，穿过冰雪的脚不停地旋转。阴湿黑暗的情景一次一次，在声音里晃动。雨水在脑子里滴答滴答地落下来，阴暗的巷子里，她光着脚跑起来，摔下去，又摔下去，巷子两边高高的墙上爬满了粉色的蔷薇，笼子里的拉布拉多用头顶翻食钵，转来转去地翻弄。她正看得出神，甚至想伸手帮它将食钵翻过来，屋门吱嘎一声开了，她转身开跑，踩进污水里，空气中弥漫着臭气熏天。

　　妈妈穆芬芳的声音在风里旋转，小小！小——小！如风如电如雨，她又摔下去，膝盖上摔出了两个青色的大包，灰色刮伤的皮肤下面开始渗出血来，一瘸一拐往前走，雨水遮住了世界。

　　贵阳不仅仅是个词语，但也许它只是一个词语。

　　不，不，它不是一个词，是一张潮湿的黑白胶片，被她设计在游戏的隧道里。昏暗的浪花一朵朵迎着满天的星光，人物赤着脚奔跑在猝不及防的雨雪中，一幕幕拉伸跃动欲罢不能。市西路护城河的灯光污浊闪烁，麻灰猫在屋檐下的雨声里叫，来来回回地蹿动。雨声落在河里，她的妈妈穆芬芳侧转头，玻璃的窗框映不出人的影子，星星点点的雨水，那溅起的小水花，远处红红绿绿的灯光，闪出一片晶莹。

　　一天两天，雨像是不会停下来。她们的衣服湿透了又焐干，白天来来往往的人和声音，她坐在打湿过的被子上。房屋墙上写着大大的"拆"字，从污秽的颜色里冒出来，像一团火。

　　穆芬芳隐没在人群里，手里的垃圾袋在雨中被滴得哗啦啦响的声音落在了瓦楞上。他们离婚了。穆芬芳带着她来到市西路，贵阳最繁华的服装批发市场，那是条无人不知无人不晓的街道，也如同一颗石子落入护城河中沉寂湮灭。

　　爸爸叫卫健民，记住这个名字并不是因为恨，而是因为对"父亲"这个词的想象。卫健民踢打穆芬芳,家里的杯子飞来飞去摔在地上的声音,永远留在脑海里。

她跟在穆芬芳身后离开家时,天也在下雨。本来妈妈说要给她绑上眼带,不让她看清她们到底在什么地方,让她不知道回去的路,但是出门的时候,妈妈并没有给她绑上,或许她已经取得了妈妈的信任。

不知道走了多久,她们来到市西路,原本那儿穆芬芳有个小摊,摆着小孩的玩具,最后也被卫健民收了。也是那天他看见她站在那儿眼泪汪汪地看着他,就送给她一个塑料的长颈鹿,他拿在手上朝她走过来,递给她时捏了两下,长颈鹿就发出"咯吱!咯吱!"的声音。混在细雨中的声音,像冰雪世界里的光,她止住了哭,看着他将摊位上的东西鼓鼓囊囊地装进包里挎在了身上。她不会知道那个微弯的、渐渐缩小的背影,就那样成了永远。站在河边,她感到自己也像小雨点落在河水里。

雨水闪烁在脑海里,让她感到心悸。

2

她从拥挤的地铁里出来,走上人行天桥,初冬的阳光从白桦树后面照过来，金光闪闪让人眩晕。手机如果再响一次，她想就该接这个电话，不管是谁打来的。

手机又响了，她在天桥上与人擦肩而过，落叶萧萧飞扬。她看见手机上的号码倒是换了，但地区还是显示的贵阳。几片树叶从头顶上飘落下来，图书馆深色的钢化玻璃，树木和天光都在闪动，阳光扎在上面，街道行人流光溢彩。

有人从图书馆里出来，顺手帮她拉了一下门，她侧身走进去，熟悉的寂静一下让她平息了。落座时她将手机调至静音，她打开电脑，将口罩重新戴上。已经很少有人戴口罩了，她还是习惯性地戴着。病毒依然肆虐，她已经感染过了。病毒像时间一样涌来流去，她深知自己病不起。新一轮的裁员如浪如潮，她虽然业绩很好，工作也非常卖力，没想到还是被裁掉了。早已习以为常的她，这一次感觉到了与以往的稍稍不同，以往很快她又能找到下家，而这一次似乎没有那样幸运。

坐在图书馆里的人大概都跟她有同样的经历，他们都神色凝重地盯着电脑，目不斜视。裁员，失业，投递简历，发邮件，等待。图书馆不动声色地接纳了这一切。无论你带来怎样的仆仆风尘，在相互陌生的焦虑里，这儿都能寻得片刻的安宁。砰！谁的手机掉地上了，目光稍纵又迅速回转到自己的电脑屏幕上，那个声音很快就像没有发生过一样。

早出晚归，行色匆匆，即使是到图书馆坐着，大家也都如打卡上班一般按部就班。她身材瘦小肤色蜡黄，头发用棕色的毛线发夹拢在脑后，一双脚杵在没有后跟的白色皮鞋里，矿泉水瓶子被她拿捏的次数太多，变得乌蒙蒙的，像灰色的眼睛迷茫模糊被揉了又揉。

她喜欢坐在图书馆的角落靠窗的位置，从那儿可以看到马路对面那家大商场的招牌。光影叠加的大楼映在玻璃上，好像身处在一片楼中楼里。这扑朔迷离的幻象，她只要抬起头稍稍侧转，就能让她沉迷。虚幻的楼中楼，虚幻的人生和游戏。

被裁之前她在一家游戏公司做市场，负责品牌推广和广告投放，但是她更想做的是游戏策划。她也试着在下班回家时，构建关卡设计及故事情节的文字脚本与草图。她建造的空间几乎全来自她幼年的记忆，逼仄巷子破败的自行车，铃铛锈迹斑斑的声音。

阴雨绵绵，河流蜿蜒，树木是灰色的，小鸟是灰色的，树下的房子里住着一家三口，爸爸总是挽着裤腿在地里种菜，女儿在开满花的草地上，远远地看骑着自行车被雨水打湿的人。妈妈在厨房做饭，身体随着炒菜的声音晃动，女儿就是在雨天也在给一棵白菜浇水，画面上有大片的白菜，麻灰猫在屋檐上蹿，叫声里全是雨堆砌起来的声音。

3

她起身去接水，手机在桌子上闪亮，又是那个电话。

她拿起手机走到窗边的过道上接通。她没有说话。那边喂了两声说是派出所的，她还没有来得及反应，那边就问是不是穆小小。她的心怦怦地跳起来，窗外的阳光在地上闪动，扎进眼里金光四射，那片如同幻象的楼中楼在光影中移动。

卫健民是不是你爸爸？他死了。

她站在那儿不说话，抬头看向对面的楼，那片蓝色的反光玻璃中印着另一栋从她站的角度看不见的楼。缕缕阳光抽丝剥茧，雨的声音从大脑深处的记忆里涌出来。

你们找错人了，我没有爸爸。她挂断电话，刚一转身电话又响起来。电话那边在下雨，警察说，穆小小，希望你积极配合片区民警的工作。

她不说话，看向光影中的幻象，电话那边的雨声渗进她的脑子里，变成了一片模糊的河流。河里有一个提着编织袋的老头，两只脚深深陷进水里，躬身拾起矿泉水瓶子。她站在河岸上看他，手里拿着玩偶，她认出她的塑料长颈鹿捏在他的手里。

她问老头能不能把长颈鹿还给她。老头沉默，递给了她。她的手不小心捏了一下，"咕吱"一声，长颈鹿发出响声，她也被这突如其来的声音吓住，转身就往灰底红字写着"拆"的破屋跑。自行车的声音，叮叮当当在身后。她摔下去，塑料长颈鹿也甩飞出去，自行车轮碾过它，无数双脚踏上去，"咕吱！咕吱！"长颈鹿不停地发出声音。

一双沾着污泥的手将她抱起。她哭，反身朝向地上的长颈鹿，两只小手在雨里，雨水清凉。臭气熏天的老头，胡须里藏着腐烂的食物，他把她抱回家，在她的小脸上亲来亲去。老头也住在断墙根下，屋顶用油毛毡遮挡，雨水打在上面滴答滴答。他将长颈鹿藏在腋下逗她。她夺过来抱紧长颈鹿，麻灰色野猫从断墙上跳过，满身雨水的老鼠顺着墙根溜到另一处。老头问长颈鹿是从哪儿捡来的，她朝后退哭着说，不是捡的，是爸爸买的。老头朝她逼过去，爸爸买的？你哪来的爸爸？老头一把抓住她，她哭。

穆芬芳的身影出现在断墙边，她将人袋的垃圾堆在一起，然后走出来。门是空框，穆芬芳个子矮小，墙即使只是半截，她也看不到他们，看不到那个整天在她们住的屋子周围转悠的老头。他就住在她们的隔壁，他比她们来得早，这儿刚刚开拆，他就住在那个拐角处。他们是邻居，穆芬芳不愿搭理他，不仅仅是因为他们是同行，都靠拾荒度日，主要还是她不喜欢老头弯腰驼背的样子，走起路来还咳嗽。有两次他送鸡蛋给穆芬芳，都被她拒绝了，她把他推搡出去。

穆芬芳嘀嘀咕咕地骂着，又跑到哪去了？下这么大雨。老头将长颈鹿放回她手里，她跑回家，老头提着袋子离开。穆芬芳问她跑哪去了，她回头朝老头那边看，老头又往河堤上走。穆芬芳说你再敢跟老头说话，我就打死你。贫穷限制的不仅仅是想象，就连本能的防范也会丧失。穆芬芳可以拒绝老头的鸡蛋，但是她没有拒绝老头送过来的破旧电视机，他给她们装上天线。坐在破屋里看电视，嗞嗞的电流声和屏幕上的雪花，她学会了听声音。

4

图书馆外面的街灯亮起来，五光十色光影交错如梦如幻，身边的人起起落落，声音像退潮那样黯淡下去。她起身收起电脑，电话又响了。这一次她没有犹豫，她喂了一声。

派出所的警察没有直接叫她回贵阳去，而是在确定她是不是不能回去。

是的，我之前说过了，真的没有时间。

但她万万没有想到对方会说，那我们去北京找你，这样行吧？

死亡医学证明书。财产。分割。每一个词现在都像一个小盒子，放在火化炉里，如同分裂的时间一样，被火拆解、分散还有重组。

她记得她上四年级时去找过卫健民，穆芬芳说他跟新找的女人住在相宝山。相宝山也是他们曾经的家，从街道上走过去，要爬很大很长的一个坡，除了相宝山以外，旁边还有一座山，叫什么来着她忘了。山上茂密的树丛，飞鸟的声音清脆透亮，每一个清晨都烟笼雾绕，卫健民还在林子里给她逮过一只鸟。

逼仄的楼梯间，楼道里满满当当地堆着各种各样的废品，她上了六楼，过道里她曾经坐着吃饭的塑料小凳子，被人塞进楼梯的空心砖墙上。她停下来敲门，边敲边朝那个落满灰尘的塑料凳子看。敲了很久，来开门的是个陌生的男人，他问她找谁，她说卫健民。他说我们老板不住这儿了。他的身后冒出一个女人的胖脸，两个人站在门口，女人从后面抱住男人，将下巴颏放在男人的肩膀上，他们一直看她走到五楼，才关掉门。

她打开游戏《冰雪世界》，雪花在阳光的照耀下闪闪发光，仙女冰晶消融在洁白之中，手里的魔法杖让冰雪更加耀眼美丽。冰雪的世界晶莹透亮，她在冰雪中飞舞，她在冰雪中迷失。

你得在死亡证明上签字，同意火化。警察语气温和，不像刻板印象中的警察。她继续在冰雪世界里滑行。她又开始画游戏草图：潮湿的阴雨密布的时间，雨过天晴，太阳在树木阴影外面闪动，雾气混在雨水蒸发的气味里，爸爸挽着裤腿在泥湿的地里挥动锄头，一下又一下。他的汗水变成雨水，光影移过来，照在一棵又一棵的白菜上。

偷白菜游戏的妇女们津津乐道，半夜不睡觉起来"偷白菜"。同学小红妹的妈妈就是这样，白天炸油条，半夜起来玩偷白菜游戏，晚上大家都睡了，白菜最好偷。她站在小红妹家门口，看小红妹玩"幸福家园"。小红妹的爸爸走过来，他靠在门边抽几口烟，把烟从嘴里一口接一口地吐出来，一只退出拖鞋的脚踩在门槛上。他斜眼看着她，招手让她过去，他蹲在地上将她抱起来夹在自己的大腿间，然后回头去看一眼专心玩游戏的小红妹。他问她要不要一起玩游戏，她点头。他牵着她走到屋里，坐下来把她抱在自己身上，让她近距离地看小红妹玩游戏。她感觉到从他嘴里出来的气息，像一条狗或别的什么动物，跟捡垃圾的老头一样，让她有些害怕。

电闪雷鸣，雨水哗啦啦顺着护城河翻滚。小红妹爸爸身上的油条味在屋子里弥漫，他说明天来我给你吃油条，他亲她的嘴巴，她用手擦净留在嘴里的烟臭味，挣脱他跑掉。街道的出口，他站在那儿，戴顶油污的白帽，围着深蓝的围腰，用两根长长的筷子在油锅里翻炸油条。他的头发里嘴里，都有烧煳的油味。

穆芬芳叫她的声音，从断墙那边穿过河面，她踩着雨水跑过巷子，蔷薇花落了一地。捡垃圾的老头迎面走来，帆布包里的半导体收音机在播放交通新闻。他给了她一根棒棒糖，她跑过去了。回头，老头站在原处，身体佝偻笑脸漆黑，收音机里的声音在雨水里乱哄哄地响。老头有一天栽到河里死了，她跟在看热闹的人堆里，只有她觉得老头死得好。

放学不回家，跑到哪去了？又到同学家玩去了。给你说过多少遍了，不要跟一个不学习的人玩。穆芬芳把她拉过来，她背着手站到墙边，雨水从搭出来的塑料篷布上滴下来，她脱掉雨衣。雨没有她听见的那么大，滴答滴答落在墙上，书包里的长颈鹿在她移动身体时咯吱地叫了一声。不要把这个东西装在书包里，长颈鹿随穆芬芳的手飞到墙外去了。雨滴答滴答打在墙上。为什么要把这个破玩具带在身上？这是穆芬芳的疑问。而她的疑问从来没有说出来，爸爸为什么不要我们？

她趴在纸箱上写作业，穆芬芳在断墙外面炒菜。"幸福家园"里的妈妈围着白色的围裙，小女孩扎着花蝴蝶，穿着粉色的裙子在草地上旋转，阳光闪烁蝴蝶飞舞鲜花盛开。棒棒糖有股腐泥的味道，穆芬芳短胖的身体也有一股腐泥的味道。

5

后街电线交错的巷子里，隐隐约约的灯光，涂了蓝色油漆的房屋，一溜排过去幽深绵长，人走在灯光下，像在颜色里漂浮。骑车的人从身后哧溜一下钻过去，让挤压和逼迫感混在颜色里难以喘息。纵横在半空中的电线，像是让电杆拖曳倒了一般。她感到一阵眩晕，眼泪在不知不觉中流了一脸，歌声在脑子里响起："没有脚印的地方，孤立国度很荒凉，我是这里的女皇……"独自在外打拼，眼泪多了也是重量，压垮人的意志。

老远她就看见穆芬芳在路灯下摆放垃圾袋。穆芬芳花白的头发，因为染发水褪了色在灯光下显出杂草般的萎枯，像是风一吹就要燃起来。她在后脑上捆了个疙瘩。左边那条巷子朝西，是她们租住的屋子，十几平方米。她们在屋里摆了张高低床，几个装衣服的塑料箱子紧靠着床。每天穆芬芳在过道上做饭做菜，天气热的时候两个人也坐在门口吃饭。她在游戏公司的收入，完全可以租间大一点的屋子，穆芬芳却认为她们不是来北京享福的，她们是来一起打拼的，为的是将来有个更好的安身之处。她让穆芬芳不要捡垃圾，穆芬芳说随手捡的，也费不了什么事，自己总不至于整天睡在屋子里。穆芬芳有时候可以干点小时工的活，每天早早就出去，回来时拖着废纸箱可乐瓶，这样一个月也能挣上千儿八百的。穆芬芳觉得这样的日子有滋有味。

穆芬芳朝她走过来的那条路上侧了侧头，一辆送外卖的摩托车快速地驶过去。她看见穆芬芳朝前探身时，从衣服里露出来的赘肉也像是要燃起来，一丝难过从她心里掠过。七年了，不长也不短，穆芬芳几乎也忘了许多事，每天拼命地劳作。偶尔也会提起她小时候不听话的事，两个人很快就会收住话头，沉默一阵又立马扯到别的事情上去。

她走到她跟前喊了声妈，穆芬芳又朝她看了一眼，跟在她后面回了屋。穆芬芳不问她怎么下班这么晚。饭菜摆上来，娘俩在十平方米的小屋里吃饭，不声不响。其实贵阳那边派出所，先是给穆芬芳打了电话。他们问穆芬芳要她的电话。穆芬芳得知卫健民死了，就推托说记不得她的电话，派出所的民警就让她去找。过一会儿，他们又打了过来，穆芬芳给民警说不愿意这件事打扰穆小小的生活，姑娘在外面打拼不容易，二三十年没有往来的关系就是没有关系，亲爹也一样。

民警说穆小小是卫健民唯一的直系亲属，按法律程序只有她有资格签字，才能火化。穆芬芳说他有那么多亲戚，让他们签一下就行了，何必非要穆小小。

他们左说右说，穆芬芳不得不将穆小小的电话给对方。自从将电话给他们，穆芬芳的心就没有平静过，因为女儿用的是自己名下的号码。死了，你也会死？并且死在相宝山那个他们曾经住过的老房子里面。你不是发达了吗？自己开个工厂就抛妻弃女，好呀，好呀，狼心狗肺的人都会死得难看的。她的心扑哧扑哧跳不停，过去的仇恨一股脑儿涌来，剐心之痛潮汐一样时而剧烈时而平缓。继而穆芬芳哭起来，像是憋了一辈子的眼泪和恨，终于在这个时候涌出来。

6

穆芬芳偷偷观察她的脸色。从进屋前叫了一声妈，她就再没有开口说过话。她还抽烟，穆芬芳从来没看到过她在屋子里抽烟，抽得那么自然随意，屋子里烟雾缭绕。穆芬芳扇动两只手驱散烟雾，白天拆纸箱时手划破了皮，这会儿她举起来说，手破了，白天流了很多血。

她像没听见。穆芬芳哼哼两声，用一只手将盆支在腰上抬到外面去洗碗。回来时穆芬芳双手抬着盆，忘记了刚才装手痛引起她的注意。她站在屋门边递一张创可贴给穆芬芳，什么话也没说，爬到床上又埋头伏在电脑上。很快她又反身下床，从一个长得像维生素C的白色小瓶子里倒出"劳拉西泮"，抬着杯子从穆芬芳身边擦过，仰头喝药。穆芬芳只有小学文化，她不知道她吃的是什么药。自从她们生活在一起那天，她就看见她吃各种药，没有间断过。有时候穆芬芳也拿起那些小药瓶，好奇地看来看去，她不会知道，焦虑症、抑郁症意味着什么。

有时候穆芬芳会把她的烟藏起来，假装不知道看着她找烟，她找不到就知道是穆芬芳藏了起来。

我的烟呢？她问。

穆芬芳把她的烟连同烟盒一起泡在水里，她认为这样女儿就不能再抽了。烟虽然打湿了水，但是穆芬芳却没有扔。她从茶几的小盒子里拿出被水泡过的烟说，小女孩家家的，还没有生小孩就不要再抽烟了。她将打湿水的烟拿在手上看着穆芬芳说，你故意干的？穆芬芳连忙否认，不是我，不小心掉进水里了。她不说话冷笑一声，转身出门，回来时又多买了几包，故意扔在吃饭的桌子上。穆芬芳看一眼，也不敢多说什么，将烟放进一个之前装过糕点的盒子里。

从穆芬芳来了之后，她就给穆芬芳划出来了一个区域，那里面放着穆芬芳的东西。如果说穆小小在这个城市里的容身之所只有这个房间，这几平方米这么大的话，那么穆芬芳的空间就只有这个小盒子那么大。

她很想发火，不用你动我的烟，我只是想告诉你，我的任何事情都不用你管，你只管活着，不要消耗我的精力。看着穆芬芳躲闪讨好的样子，她的心也就软了，她们相依为命，彼此为镜。有时候，她能从穆芬芳身上看到自己的影子，也许老年后的自己还不如妈妈，至少穆芬芳还有她，而自己能有什么呢？

7

穆芬芳一直在等她开口说话，直到躺到床上，她从她的头那边踩着梯子爬到上铺，穆芬芳都睁着眼睛。穆芬芳想给她解释，是派出所的人说不行，必须是穆小小签字，否则无效。

人死了拖火葬场火化了就是，何必那么麻烦。

民警说，这是法律规定的，不是我们说了算的。

那就让他那个女的签。

民警说，穆小小是他唯一的直系亲属。

穆芬芳感觉到头大而混乱，怎么跟女儿说呢？穆芬芳在床上翻来覆去，不停地干咳清理嗓子，就是想让穆小小先开口；如果自己先开口，会引来她一阵狂怒。这么多年穆芬芳习惯了回避冲突，不该问的不问，不该说的不说。

她们两人之间的关系，不知道什么时候就颠倒过来了，也许是从穆芬芳来北京之后，或许更早一点。穆芬芳在女儿面前显得低三下四，小心翼翼，如果搁到从前自己年轻的时候，她早就发火了。穆芬芳的火气能大到房子都会燃起来。现如今，倒是女儿的火气大到炭于水中照样燃起来。

她躺在床上，焦虑一阵阵袭来，她不停地咬手指，从小咬到大的手指已经变形了，一个女孩的手怎么会长这样？

"在没脚印的地方，孤立的王国很荒凉，我是这里的女皇。风在呼啸，像心里的风暴一样，只有天知道我受过的伤……"她一遍一遍地听这首歌，其实即便不点开手机，这些声音也会在她焦虑的时候自然回响。

然后她下床来拿水喝，穆芬芳又咳了几声，希望她能先说话。她只看了一眼蜷成一个肉团的穆芬芳，就爬上床继续伏在电脑上，顺手点开邮件，之后还是《冰雪世界》闪耀的雪光，橙黄红蓝青绿紫，一圈又一圈地荡开……

她好像睡了一会儿。声音温和的民警说他后天来。

她说，后天我没有时间，要开会。

民警在电话那边沉默，他在等她说出时间。

她不是没有时间，她不想面对千头万绪的恨和欠缺，还有伤害。二十多年了，那些扎在心里的玻璃碎片，已经深深地融进了自己的血液，布满每一根血管和神经。贫穷、死亡、挣扎、侵害、猥亵……没有人告诉她为什么。以她弱小之躯又怎样去对抗强大复杂的外部世界？没有恋爱过的她，在时间里已经习惯混沌和错乱，活着就是一切。

为什么要来找她，让她忍受这么多揭开疮疤的痛，这无异于赤足行走在荆棘中，他们知道不知道？揭开她的疮疤，是为了将一个早已不相关的人的伤口合上？

放弃签字权，让他们家任何一个人签字，我没有异议的。穆芬芳想过的她也想过。民警说，你是他女儿，你就让死者入土为安吧。没有你的签字，他就没办法火化，就会一直在那放着。

她说，好吧，就后天吧。

他们给你打电话了？ 穆芬芳终于开口。这句话一出口，房间里的空气突然就凝固了一般。她也没说话。穆芬芳等了一会儿，听见她将电脑放在一边，然后关了灯。黑暗里风吹着树梢，吹过电线的声音呜呜响。过了很久，她说，打了。穆芬芳紧张起来，侧侧身子以便更好地听见她说话。

又是一阵沉默。穆芬芳说，他们一定要你的电话。她说，睡吧。穆芬芳说，你要回贵阳去？ 她说，不用，他们后天来北京。

8

见面那天她早早出了门，前一晚她没有睡好。她无法想象见面的情形，他们是不是还会带上执法记录仪？ 会穿警服吗？ 路人怎么看她？ 以为她犯了罪？ 他们会不会带死者现场的照片？ 这些问题反反复复在她脑子里，像一群鸟飞来飞去。

她朝外面看了好几次，天色还暗淡，不过现在已经透出蓝色的微光。天要亮了。她打开灯。站在穿衣镜前，特意在内里穿了件白衬衫，黑色的羽绒服，背上黑色的小背包。电脑在背包里显得有点沉，就像要把她的身体拖垮一样。

她先到了约定地点，一家西式咖啡馆，这样也方便两个远道而来的民警吃东西。民警打上车，她告诉司机确切的地址，然后打开电脑。她还想做点什么，却无法安静。

他们来了，站在门口给她打电话，透过玻璃她看见他们穿着便装，两个人手里提件东西，在落雪的雾气里四处转身。他们看见她说的咖啡店名，推门走进来。她欠欠身迎他们，两个便衣警察朝她走来，年轻一点的警察将手里提的东西放在桌子上说，给你带了点家乡的特产。她说谢谢，就让服务员给他们加了柠檬水，其中一个年老一点的警察作自我介绍。他说，我姓江，是派出所的副所长，这位是我的同事刘警官。

两个人主动出示证件。她静静地坐着，没有看他们的证件，她不想进一步证实他们的身份。他们拿出医学死亡证明，她只动了动身子，眼睛还是没有落在那张纸上。年轻的警察拿出一个笔录本，拧开笔盖在他们还没有开始正式对话时，就往上面写下时间地点。

开始笔录前，江所长先表达了对她支持他们工作的谢意，于是正式的笔录开始。他问卫健民是不是你爹，你们是不是父女关系？

她看见另外一个警察身上的执法记录仪，心跳的速度加快。

她迟疑不决，双唇颤抖。

江所长温和地说，我们是在例行公事，你只说是或者不是。她点头说是的时候，浑身开始颤抖。他说，你对卫健民死了这个事实，有无异议？或者他的死因，是否要求法医做更进一步的鉴定？她还在发抖，像是有点难以控制。

她哆嗦着拿出一支烟，刚点上火，服务员就走过来说，对不起女士，不能抽烟。她的身体随着手向前倾，然后她灭掉烟。

你爹死在家……她突然抬起手，做了个阻止的动作，将头深埋在桌子上说，什么都别说，我只想配合你们完成工作。两个警察相互看了一眼，江所长对年轻的警察说，简单写在笔录上。

后来，对于他们问的是不是，她一律点头。他说，你爸爸的财产，一套位于相宝山电台街的房子，你要不要继承。她正要点头，像是突然明白过来，立马说不要不要，像逃避瘟疫一样。接着她对他们说，他的债务与我无关，我不会替他还债。两个警察又相互看了一眼说，他没有债务。

你确定不继承房产？她点头。她当然不知道她的叔叔姑母们，正坐在她爸爸那间破房子里，等着赶紧将卫健民火化了，他们好分财产。她的叔叔接到电话，瘸着腿连滚带爬上楼梯站在门口，还没见到人就捂着鼻子对现场的警察说，立马就火化，立马就火化。警察问她的叔叔家里还有什么人。他说，还有两个姐姐，她们在路上了。他们对卫健民的死，甚至死了几天一点不关心。殡仪馆的人还没来，他们就在恶臭难闻的气味里，嘀咕怎样卖掉房子，在过道上走来走去，争执不休。

做完笔录，年轻的警察将笔录本递给江所长，他认真看完笔录，然后递到她面前，又递过笔说，请在这儿签字。她缓慢地接过笔，还是看到了，卫健民在家中死亡，邻居报警。

她在笔录上写下自己的名字，然后她站起来，两个警察也站起来说，如果你没什么要求的话，我们现在就通知殡仪馆火化。

她又坐下去，坐在那没动，看着两个警察离开。他们穿过人行天桥，她的心动了一下，想着北京那么大，他们能否找得到路。她想跑出去问一声他们要去哪里，要不要陪他们吃午饭。可是她没有动。她第一次深深地体会到，"君自故乡来"说的是多么深切的孤苦、忧伤。

她打开邮箱，收到一家公司的面试通知。

她继续在电脑上画游戏草图：风雪、阳光、花开、奔跑、生长……游戏里的小女孩给白菜浇完水，朝着开花的草地跑。爸爸还在地里锄草，抡起胳膊，汗如雨下。大片的红色康乃馨。她坐在树下，阳光如飞瀑……

从咖啡店里出来，雪花落在脸上，她仰起脸眼泪流出来。踩在雪地里她想，明天去新公司面试时，交上这个游戏设计草图，会不会给自己加码？

9

老远她就看见穆芬芳站在岔路口，横七竖八的电线在雪花里晃动。路灯下的穆芬芳，像一尊笨重朽坏的泥塑。她看见女儿走近，转身就往家里走。穆芬芳走到门口，站在那儿的黑影里。

她走过来，穆芬芳推开门，半边身子抵住门小声问，签了？声音细小如飞雪。她说嗯。声音同样细如飞雪。

娘俩走进屋里。穆芬芳的饭菜早已摆在桌子上，她走过去揭开那些扣菜的碗，然后蹲下身在准备好的两碗米上插上蜡烛，点燃摆到桌子上。

她看看穆芬芳，什么话也没说。她们什么话也没说。她们第一次如此平静，如此心照不宣地站在那儿，注视着两支小小的红烛一闪一闪地燃着，蜡油顺着往下淌。

她从箱子底翻出塑料长颈鹿，又是"咕吱"一声。她把它抱在怀里，抱住二十多年来对"父亲"这个词的想象。

她抱着它，头埋在它身上，像小时候那样，哭起来。

A Breath
in
Between

11号病房

1

心内科护士站在楼道中央，何瑾秋拿着住院单立在环形台的外面，对着在电脑前的护士轻轻说了一声你好，向护士递去单子。那个护士看了她一眼，从胸前的口袋里取下一支笔，打了一个钩。

楼道中央的护士用手示意何瑾秋，把她领到环形台的另一边，那儿有张椅子。何瑾秋走到椅子跟前，护士抬起她的手准备做血糖检测。

"我才吃过饭，测什么血糖？"何瑾秋对医生说的住院进一步检查非常抵触。

何瑾秋她妈妈的"疑病症""恐病症"以及"被害妄想症"在日复一日的时间里，给她来了个"潜移默化"。她一方面不相信自己的状况严重到需要住院检查，另一方面又对疾病惧如惊鸟。万一有病呢？岂不是错过了最佳治疗时间？何况心脑血管类疾病就像无法定时的炸弹，你不知道它什么时候爆炸，到时候连活的机会都没有了。

"9.8。"护士果断地扎了何瑾秋的无名指，看着血糖检测仪面无表情地说。

何瑾秋问护士："高不？"

护士说："你不是才吃过饭吗？"

随即护士又转过身，从桌上拿来血压计往何瑾秋手臂上套。何瑾秋抬了抬手，朝后退了一下，让护士看到自己是站着的，从没看见过站着量血压的。

何瑾秋给她妈量血压时，她妈总是提醒她血压计要跟心脏平行。护士示意何瑾秋坐在凳子上。何瑾秋说："不用量，我这个年龄血压就不可能高。"

何瑾秋将对门诊医生说的话又重新说了一次，说完她的脸就发烫。护士不由分说地拉过她的手，套上电子血压计，她朝血压显示屏上看了一眼。按理说，护士还会量第二遍，何瑾秋在家都要给她妈量两遍，何况现在是在医院，但护士只量了一遍，就知道何瑾秋的血压如她说的那样并不算高。

不过，那天在门诊时，何瑾秋的血压的确很高，尽管她极力告诉医生自己没有高血压，只是早上来医院一路奔跑，可能心跳加速，造成了这种误差。

医生还是冷冷地对坐在他边上的实习医生说："开住院

单，落实完病房，通知她。"

何瑾秋重新报了一次电话后，把刚写过的第一页诊断单撕下来递给她，用笔尖指了一下，叫助手按电子传号器，门外响起了让下一个号就诊的声音。

何瑾秋想，也许是门诊血压计的问题，每天不计其数的人用它量血压，所以她对它的准确性是相当怀疑的。

何瑾秋在离开前又一次说："医生，我不可能有高血压，今天……"何瑾秋还没说完，另外一个看病的人就进来了，他往何瑾秋刚才量血压的凳子上一坐，咳了两声，用一半的身子挡在何瑾秋面前。医生用叫何瑾秋时一样的声音高声喊着："自己先量血压。"

何瑾秋站在那里抱着自己的诊断单和包，里面塞的东西都从包的边缘冒了出来，她又叫了一声："医生。"

医生在新的诊断单上写上新进来患者的名字、年龄，头也没抬地对何瑾秋说："现在二三十岁患高血压的人多了去了，年龄已经不能说明什么了。"

2

护士收起血压计，何瑾秋朝她走过来。护士还没有何瑾秋高,作为南方人,这在北方并不多见,何瑾秋略微蹲了一下:"请问一下,11床在哪里?"

护士把胸前的听诊器摆正,皱了皱眉头,不耐烦地绕过环形台用手指了指,表示从这边拐过去就是。何瑾秋朝她指着的拐弯处看了一眼,提着帆布包从护士站绕了个弯,仔细数对墙上的红色编码。

门半开着,何瑾秋站在门口看见13号病床上的老妇人,她看上去七十多岁了,面色乌黑,眼神散淡,两个鼻孔上还插着氧气管,穿着一身像洗碗布一样已被洗衣机搅得混色的睡衣。她的家人正在给老妇人翻身,将她的一条腿搭在床的栏杆上。

恐惧和对生命垂危时样子的厌倦,以及疾病让人失去尊严的一幕幕向何瑾秋袭来,她想象着自己也会在将来某一天这样躺着,浑身插满了管子,瞬间感觉到从胃部反流出一股酸水在嗓子里搅动。她迟疑不决地站在那儿,无法向前迈出一步。

站在老妇人床前的男人看了看何瑾秋,很快他又把注意力收回到手里的那个红色塑料盆上,从里面的塑料袋里窸窸窣窣地拨出两个苹果。也许是被太阳过度暴晒的原因,他看上去一团漆黑,看不出究竟是五十岁还是六十岁,但从他身形的挺拔程度上来看，他大概不到六十岁。

床旁边过道上放了两张简易折叠床，上面坐着一男一女，正在吃东西。男的背对着何瑾秋，女的二十岁模样，小眼睛几乎看不到黑眼珠子，全是眼白，给人的感觉很胖，并且胖得有些苍白乏味。何瑾秋心里有些不悦，这祖孙三代把病房当成家一样安然自在，目中无人。

何瑾秋朝后退了两步，重新确认没有走错病房，她希望这不是自己住的病房。11—14，没有错。她又强迫自己走进去。11床就在门边，病房里有股难闻的酸臭味，一开始何瑾秋以为是哪一床的食物或者水果坏了。直到看见那个黑黝黝的男人，隔着绿袜子给老妇人揉脚，老妇人的袜子底端的前脚掌和脚后跟有明显被汗渍浸深的颜色。这太让人难以忍受了。何瑾秋屏住呼吸，掏出消毒纸巾反复擦床头的柜子，拉开抽屉，扔掉里面的东西，又走到门口去挤压挂在墙台上的免洗酒精。何瑾秋因为实在没办法呼吸，呛得咳嗽了几声。

那个男人目不转睛地看着何瑾秋，他摸不清何瑾秋是病人还是家属，除了一个包什么也没带就进来住院。何瑾秋掀开被子，仔细察看床罩是否换过，上面是否还留有头发和皮屑。他把老妇人的腿搭回栏杆上，漫不经心地说："被子前面的人出院时，就来换过了。"

何瑾秋回过头看了他一眼，没搭话，还是不太信任地翻看枕头，看看上面有没有头发。

他又问何瑾秋："你是病人还是家属？"

何瑾秋直起身朝他那边看过去，老妇人也斜着眼透过床沿的护栏看着她。老妇人的眼睛混浊地凹陷下去，像是体内有一个火球灼烧着她，把她躯体烧干了。何瑾秋赶紧避开老妇人的眼神，免得自己也被吸进去。

3

何瑾秋没有回他的话。她知道自己没病，只是体检时心电图结果显示：T 波改变，倒置。医生说是心肌缺血，叫她住院进一步检查。

她不以为然，过了几天，负责联系住院的医生就打电话说，床位空出来了，赶紧来住院。何瑾秋问能不能推迟几天。

何瑾秋手里还有很多工作没做完，公司正在裁员，她不想成为洪流中被冲走的一员。她还记得同事小苒，和她一同进的公司，上个月才过完三十岁生日。那天上班，小苒扎了一个红色的蝴蝶结在头发上，把自己绑得像个包装精致的礼物。生日第二天，HR 通知约谈，接着小苒就被裁了。补偿方式是 N+1，拿到了八万块补偿的小苒抱着早已没有红丝带绑着的纸箱，把自己桌上的书、摆件，还有她自购的一副茶轴机械键盘通通塞了进去。

小苒家是北京的，她不用怕，可以横竖躺在父母家，但何瑾秋不同，她比谁都需要这份工作，她家里还有个偏瘫的妈妈，如果来住院，她还得赶紧找人来照料，现在寻找人手帮忙也得至少腾出一个星期，不能说你今天找，明天就让人到岗。

"你不要命了，你的情况出现猝死的可能性相当大。"说这话时，她听到医生用笔尖敲了敲桌子。

猝死？这些年，三十多岁的人因劳累而猝死的视频经常出现，无论真假还是给人有点警醒的作用，死亡无处不在。前不久何瑾秋中学的一个男同学，因为长年熬夜打游戏就猝死了。法医到的时候，他全身都出现尸斑了。讽刺的是，据说他桌上长年放着速效救心丸，但因为从没检查，瓶里早就没药了。

何瑾秋上网查了一下心电图的结果，视频号里五花八门的医生都说了差不多的话——猝死。只有一个武汉的心内科医生在视频里提到，太劳累也会出现 T 波改变，倒置。何瑾秋不敢信其无，只能信其有。在这个陌生的城市里，她的家庭状况还不允许她死，甚至连病的资格都没有。

　　一年前何瑾秋的妈妈摔了一跤，都说老人最怕摔跤，之后便半身不遂，躺在床上，吃喝拉撒都得要人照看，偶尔可以扶她起来，坐在轮椅上推她出去散步。家里请不起保姆，每当何瑾秋不能照顾她时，只能请小时工上门服务。

　　母亲每天要吃很多药，她怕药吃混了，相互抵消，严格按照时间服过其一之后，隔半小时才服其二，然后其三、其四，以此类推。结果就是她醒着的时候，一整天都在吃药，就跟吃饭似的。

　　小时工阿姨为了省事，总是一次性让她服下全部的药，母亲就把药藏起来，每次在杯子里留点水握在手上。之后，阿姨又嫌弃她尿多，难伺候，就给母亲控制水量。

　　小时候何瑾秋的心脏就不太好，经常发慌发痛，所以小学本来有机会进省体操队进行培养的，就因为这毛病，希望也早早地破灭了，不然说不定2008年奥运会还可能有她的身影。她的基因天生决定了她吃不了运动员这碗饭。后来教练也没坚持，最后体操练不成了，但还是心脏疼，需要妈妈抱一下才能好，母亲以为是她娇气，后来去医院检查，医生说是心肌缺血。

　　对何瑾秋来说心肌缺血根本就不是病，她甚至一直拒绝心电图这个走马观花似的检查仪器。何瑾秋的母亲每次住院都要做心电图，任何人的任何一次体检或者住院，心电图都是必需的。何瑾秋对这个医学仪器的功能表示怀疑，感觉它只是个某种医学行为的摆设而已。她早就听说过这些仪器根本查不出个一二三来，好多检验单上写着无异样，最后发现都癌症晚期了，错过了最佳治疗时间。

4

病房的门只要关着，空气就流通不畅，再加上老妇人的床边正好还有一个暖气片，她把她的洗脸巾、擦脚巾、袜子通通搭在上面烘烤，屋内的这股气味让何瑾秋感觉难以呼吸，她走过去拉开门，刚回到床边，门又合拢成之前的样子。

她又屏住呼吸走过去，这一次她发现门后面的储存柜上有一根布条，上面的结正好可以拴在把手上，把门固定住。把门敞开一点后，气味渐渐散去一些，何瑾秋回到床上把被子盖到腿的位置，准备看会儿手机。

她想到前段时间在微信上看到人类的孤独分十个层级，自己住院手术就是最后一个层级，但是她暂时还没有做手术，所以现在她最多只算9.5级。可是这又算什么呢？孤独或者不孤独，都改变不了她家现在的境况。

手机在包里振动个不停，她急忙掏出手机，才发现不是电话，而是日历里的消息推送，还有几天公司结项的时间就快到了。那一点点倒数的时间，她才完成了项目报告的百分之三十。记得小时候妈妈为了教育她上学不要迟到，用西点军校的一句名言告诉她：没有理由！没有理由，这也太夸张了，上完大学后她渐渐明白，这句名言是给那种非比寻常的人物制定的，但工作后她又发现，这句话适用于所有人和事。

何瑾秋铺好枕巾正准备躺下时，听到小伙子低声细语地说着什么，然后坐他旁边的女孩笑着回应了他两句，接着小伙子出去了，她始终没有看到他的脸，他也一直背对着她坐在那儿。小伙子穿了件咖啡色的棉外套，身材匀称个子不高，说话时声音沙哑，也像个女的。他跟那个女孩说话时，让何瑾秋感觉到是两个女人在说话。

13号床的男人站在床边，又开始有一搭没一搭地给老妇人按摩，何瑾秋不用看也能感受得到，自己的一举一动都在他的眼睛里。这个奇特的一家子，他们大声地说话，大声地吃东西，当着何瑾秋的面毫无顾忌地掀开老妇人的被子检查，灰尘和毛絮在光影中飞舞，还夹杂着一股尿臭味，是那种吃了很多的药和输了很多的液，才排出的那种带着病的尿味。

实际上老妇人并没有撒尿，她的身体侧面插着引尿管。他将老妇人翻过身，侧着身对着何瑾秋，老妇人伸出干枯的手抓住床头的铁栏杆"哎哟哎哟"地哼，男人拿着红色的盆在给老妇人擦背，又转过头告诉女孩："没有排尿。"

女孩停下吃烤串，将竹扦子放回袋里，嘴角还沾着辣椒面，她走到床边弯下身歪着头，看床边挂着的那个引流的尿袋。

何瑾秋实在忍受不了了，想下床去一下洗手间换换空气。洗手间的门总是关着，她以为里面有人，就在过道上溜达等着里面的人出来。何瑾秋出去又进来，来来回回好几次，洗手间的门还关着，她问一个自己拿着输液瓶出来走动的病人，过道上的洗手间坏了吗？他腾出一只手指指门边说，洗手间都在病房里。

何瑾秋又回到他们的病房里，推开洗手间的门，一股刚刚洗过热水澡还夹着香皂的热气扑面而来，混杂着那股充满着疾病的尿味，她朝后退了几步，真是受不了那种味道。他们一家人在这儿住久了，在洗手间洗澡也是正常的。她这样想着，回到床上，何瑾秋闭上眼睛，想着怎样度过这难熬的两天，一个护士提着白色的医用木提篮走进来，将几样东西放在床头柜上，二话没说就走了。

何瑾秋没住过院，妈妈住院也是一年前的事情，并且基本在重症监护室。何瑾秋将妈妈在病房里的事全忘了，她有一个特异功能，可以很快清空没有用的记忆。生活艰难工作忙碌，要记住的事太多，公司每天都有忙不完的事，每天加班到凌晨的日子让她精疲力竭，能在医院待上两天对她来说已是奢侈，手里的工作是一分钟也不能落下，不然经理就能立刻找到人替换她。

还记得刚入职的时候，面试官问她有没有成家，有没有生育的打算。后来她才明白公司要的不过是一个不会被家庭责任转移注意力，不休产假、育儿假、探亲假，为公司二十四小时尽职尽责的机器人。在这个涡轮似的社会里，她几乎做到了。

何瑾秋侧身拿起护士放在桌上的东西，看了半天也没看出个所以然。那个男人似乎看出何瑾秋不懂护士的意思，说："护士让你明天一早，用它们查大小便。"

何瑾秋"嗯"了一声，又举起那个小塑料勺子："这个呢？"

"这个勺可以控制大便的量，那个小吸管是用来吸小便的，然后将它们放到过道那个洗手间门口的桌子上，注意看分类箱，不要放错了。"

何瑾秋点了点头，又拿起这些东西认真看了看上面的刻度，她对他们的排斥大大减小了。

"你得了什么病？"他从暖气片上拿起毛巾，把它们一条条地对折，放好。

何瑾秋说："我没病，只是来这儿住院检查。"

"14床也跟你一样是来检查的，明天做那个心脏造影手术，今天回家去了。"他又继续把红色盆里的几条湿毛巾拿出来，拧干，搭在暖气片上。

何瑾秋看了一眼12床。

他说："12床大概也是差不多的情况。"

何瑾秋完全放松下来，看他在那收拾，她也从包里拿出一双她刚在楼下买的拖鞋摆在床边。何瑾秋问："你贵姓？"

他直起身笑着说："我姓杨，床上的是我爱人。"话说完，老妇人也有气无力地歪了歪头，朝她看了过来。

何瑾秋蒙了，怎么可能？但何瑾秋没敢表露出她的惊讶，故作镇定地问道："她得了什么病啊？"

"糖尿病，又得了尿毒症。"

"糖尿病怎么会住在这里？"何瑾秋意识到他也许早给她解释过了，但是自己一直心不在焉，没听清楚。

"她在这儿每天都要去做肾脏透析，肾透析在另外一个病区。"他搭完毛巾，把红盆推进床底，重新站回床边，又拿起了老妇人的脚准备揉。

何瑾秋想问他们怎么不住在那边，话到嘴边又打住了。

"你们一直住在这里吗？"

他一边脱下老妇人的袜子，一边回答道："是呀，在这儿住了段时间了，她是因为急救才住进来的，不过，过几天就要出院了。"

"做透析要花多少钱？"

他看了看何瑾秋，但眼神里没有恶意，他似乎很乐意回答她的所有问题。

"透析不要钱，都是国家补贴，现在县里面也可以做了。透析就是延长她的生命，她糖尿病已经并发症了，非常严重。"

"阿姨多大年纪了？"老妇人看了男人一眼，也等待着男人回答眼前这个女人的问题。

"四十七岁，二十多岁就患上糖尿病了，现在她也知道是在拖天数，造孽啊。"说完他没有看老妇人，依然一刻不停地给她揉着，一会又换了一只脚揉，她依然平静地"哼哼"两声，缓缓闭上眼睛，在下一次发出声音时，她的眼睛就睁

开来，散淡地落在某个地方，像是那个地方才是她要搜寻的
节点，然后又再次深深地闭上眼睛。她的等待跟时间像是并
行一般，不声不响地朝着某个既定的方向滑行，波澜不惊，
像是赴约一般不疾不速，而她的家人也正在用相反的方式，
等着她滑向那个既定的终点。

5

窗外开始下雨了。她很少从雨声中醒来。在北京，几乎
很少落雨。最初，雨打在玻璃上的声音，像是装在玻璃容器
里，声音嗡嗡地闷在某个地方。她坐了起来，发现大家都起
来了，屋里没有开灯，自然光线变得越来越亮，病房里一反
往日，大家都像被雨浇透了，默不作声，做着自己手里的事。

隔壁床的老杨穿着一件灰色的毛衣站在窗户边上看雨，
见大家都醒了，他把窗户打开透气，雨声开始变得更近了，
更敞亮了。

看见何瑾秋洗漱后也向开着的窗看去，老杨便不好意思
地笑笑，说自己很喜欢雨，我们这样的人就是喜欢雨。

他告诉何瑾秋，他们是果农，住在河北涞水县，女儿女
婿在北京打工，他们就来北京治病了。女儿在一家超市当收

银员，女婿当完兵转业，现在在一家快递公司送快递。何瑾秋惊讶地问："他们那么小就结婚了？"

"农村人出来早没上多少学，现在两个人还没办婚事呢。"他笑了起来，快速地搓了搓手，把手捂到老妇人的脚上，不好意思地说："他们上中学就好上了，我们也把他当女婿。不过他们很快要办婚事了，虽说今年是寡年不宜办婚事，但她妈妈说不准哪天就没了，这种事不好讲的。"

"你们家一直都种苹果吗？河北不种水稻？"

"之前耕地种田赚不到钱，一年苦到头只够吃饭。这十多年来种苹果，一年有十多万的收入，比种水稻强多了。"他将老妇人的袜子穿上，从床底下摸出一个苹果和一把水果刀，低头开始削起来。

何瑾秋脱掉拖鞋，回到床上，将身体靠在枕头上，心里想着这会儿妈妈是不是分时间吃药的，她有没有把中午那口饭吃完？小时工阿姨这会儿走了没有？她总是装作听不见电话，或者将手机调成静音。

何瑾秋没有告诉阿姨自己要住院检查，不能让她对自己的身体状况有丝毫的怀疑，从而在家里制造出不必要的紧张气氛，给妈妈增加压力。妈妈虽然不能说话，但是她听得见，问她话她能点头表示明白，她还有一只手可动，现在她可以滑动轮椅去饮水机那儿接水。

自从何瑾秋的父亲离开她之后，妈妈对何瑾秋的依赖就像个小孩子那样，常常用惊恐试探的眼神看她，明知道她要去上班，却还要用眼神追问她去哪里。妈妈担心何瑾秋将她一个人丢下不管，就像小时候，她将何瑾秋放在姥姥家一连几天不见，给何瑾秋带来的不安和焦虑一样。

长大后，何瑾秋曾为她在自己心里留下的恐惧而怨恨过她，而她给何瑾秋说小孩子都要这样长大的，大人要忙工作挣钱。如果何瑾秋表达出对她的关心，或者控制不住地凶上几句，妈妈就会哭丧着脸说："我也是妈妈的女儿啊，我过世的妈妈知道你这样对待我，会很伤心的。"

她不明白妈妈为什么要这样说，为什么要说这些扎进心里，可能让她一辈子都忘不了的话。她妈妈有没有想过她将来会在无数个夜晚，因为这几句话而愧疚得翻来覆去睡不着觉？细细想来，何瑾秋也没做什么不可原谅的事情，她不过是顶了几句嘴而已，至于妈妈如此责备吗？

小时候，何瑾秋可以去幼儿园，但遇上学校放假了，妈妈不可能带着何瑾秋去乡镇上班。上班的地方很远，是她们城市的边界，她坐公交车要从北面坐到南面，每天来回就得两个多小时。

那时何瑾秋还小，当然不会懂得妈妈的辛苦，不知道妈妈经常还得下到村子里去工作。妈妈经常把何瑾秋放在姥姥家。姥姥家有一部黑色的电话机，它的正上方墙上挂着一个猫头鹰的时钟，何瑾秋坐在沙发上看着钟摆摇来晃去，想给妈妈打一个电话，但也因姥姥说不要打扰妈妈的工作而打消了念头。有时候，妈妈会在午饭前打来，有时候妈妈可能忘了。她不知道妈妈是不是像自己这样时时刻刻想着她，有可能是不是也把她忘了？

何瑾秋站在姥姥家阳台的凳子上，她每天都那样站着等，不知道妈妈什么时候会从那个斜坡上走下来，风吹乱她的长发，妈妈面色愁苦地朝着她走来，那是何瑾秋最高兴的时刻。

是那个时候开始的吧？"共生"这个词来到了她们中间。正是因为母亲的缺席，让她有了严重的分离焦虑症，后来她上了几节心理课，才知道面对的这些都是童年的课题。以前，她知道每天要和母亲通十几个电话不正常，但是她摆脱不了和母亲这种共生的羁绊，她们只有彼此。

有时候她也会故意切断和母亲的联系，告诉她，她们这样的关系在心理学上叫作"共生关系"，是极其不健康的。每次聊到这儿，她们总会不欢而散，妈妈问谁家关系不是这样的？不然怎么称为母女呢？

是啊，妈妈老了，何瑾秋也告诉自己，你不能要求她改变，再说，她的出发点从来不是为了伤害你，或是让你刻意长成一个不健全的人，她的出发点是出于爱你。

何瑾秋还是忍不住拨打了小时工阿姨的电话。如她想的那样，阿姨不接电话，打妈妈的电话也没人接。也许扶妈妈坐轮椅时，阿姨没有将手机放在轮椅上，不然妈妈是可以听电话的，她听得见何瑾秋说话，虽然她不能说话，只要电话接通了一切就是正常的。

6

何瑾秋手握电话，心里还在忐忑，这时候，老杨削完苹果又开始说话，他说他们家每年苹果收成比别人家的都好，而他摸索出来的秘诀，也只会告诉自家亲戚。

"满山的果树在春天开粉白色的花，山坡上像雪花飞扬一样喜人。"老杨的话让何瑾秋脑子里突然浮现出那样的景象，她想起了一个她从来没有办法理解的"春天的熊"的比喻。在村上春树的小说里，一个人问另一个人，你有多喜欢我？他回答，春天的原野里，有一只小熊迎面走来，问女孩是否愿意和他打滚一起玩耍。就这样他们抱在一起，顺着长满三叶草的山坡滚了下去。他问她，这听起来棒不棒？女孩说太棒了。他说，我就是这么喜欢你。这句话她听不同的人说过，但到现在她都实在无法理解这是什么意思。喜欢和春天的熊、山坡、三叶草有什么关系？

老杨把苹果放在掌心，切下一小块放进自己的嘴里，"这个时候就该打第二遍药了，第一遍药在四月初就打过了，是为杀死越冬的害虫。有些人不懂，打药只打树干，而不知道树根周围的杂草都要打，病枝枯叶都要清理掉，不然病毒会卷土重来，害虫在地底下过冬，它们翻身很快，所以不是所有的果农都有好的收成。果树长虫，果子就长不好，产量小，卖相不好看。"

说着他放下刀和苹果，转过来背对着何瑾秋，给妇人翻了个身，让她面朝窗外，女孩也起身过去帮着抱脚，他们齐心协力地给她翻了个个儿。她又轻轻地哼了哼，她总是有节奏地发出那样的声音，像是她已经习惯，或者那个声音是她的身体发出来的，每隔几分钟就会自然发出那个声音，他们早已充耳不闻。那个细弱的呻吟就跟她的呼吸一样，他们已经感受不到声音里隐含的痛苦和绝望，对他们来说倒像是她正常的出气声。

"种果树得有窍门，很多人不懂得这些，以为随便一喷，虫就死了。花露期是最该打药的，不会打就伤着花，花都伤了果子就不会好。这些都是卖果树苗的人告诉我的，村里人不爱学习不爱动脑筋，他们闭着眼睛种果树，农药的浓度高了，花烧伤了，不结果不说，即使结出来的品相也难看。"老杨为什么要给何瑾秋说得如此详细？或许老杨每见着一个人就会把上面的话重复一遍，只是为了自我表达，他从不在意听的对象是谁。

他用矿泉水瓶子给妇人喂水，何瑾秋问："她能喝凉水吗？"

"透析的那天不可以喝，几十年喝惯了凉水，不喝还不习惯。"她喝了很久，侧着身体用吸管，即便喝水她也会发出那个声音。

老杨说："多喝点，你看水一点没下去。"她只是含着吸管而没有用力吸水，那个女孩走过来捏了捏吸管，让水畅通一些被她吸进嘴里。

"打那么多次农药，对人身体怕是伤害很大吧。"何瑾秋说。

"所以每次扑药都要戴密封口罩呀。"他将矿泉水瓶放在一边，用毛巾擦了擦老妇人的嘴角，吸管上的褶皱处开始出现破损了，水从那里滴下来滴到床上。

何瑾秋说，"我的意思是，那样打药，苹果的毒性不就增加了吗？"

他明白过来笑笑说："不会的，打药前就给它们套袋了。套袋就是给每一个果子套上袋子，防止虫害长驱直入，也防农药附在果子外层。"

何瑾秋问："你这样在行，是不是比村里人挣得都多？"

他不置可否地笑着说："当然我比他们先种了好几年，后来我也卖果树，也卖肥料和农药。"

何瑾秋看着他，想象着二十年前他在山坡上种果树的情景，当村民们还在懵懂之时，老杨家的山坡上开满了苹果花。他说他是从一个姓赵的人在盆里面种苹果树得到了启发，那个人将果树种成盆景，开花时他将它当盆景卖掉，到了秋天果子挂得满枝都是，那个人的盆景卖得非常好。他动了心，从卖果树苗的人手里买回树苗，开始种果树。种果树的头一年，果子卖了几百块钱。

"村里人后来都种果树了，我们家的果子依然每年都比别人家收成好。"何瑾秋看看他也并没有显出比别人聪明的样子，相反显得憨头愣脑。他是个踏实的农民倒是真的，站在他老婆的床前手就没有停下来过，不是帮她按背就是按腿。她一句话没有说过，除了哼哼几声，两只眼睛转来转去地听他说话。

买肥料跟买药的渠道非常重要，他们村大多数人都是从他那儿拿药，也有人想撇开他去拿药，结果拿到的都是假药，满树的虫灾。他说他进药渠道是卖果树苗的人给他的，卖果树的人没有想到他会撇开自己去买药。那个整天到处跑的人没想到，看上去傻傻的老杨，也会来这一手。村民买老杨的农药，也可以按照说明书或商标找到批发药的地址。这个他早就想到了，当初他就是用这种方法，从卖果树苗的人那儿找到了卖药的批发商。所以他将拿回来的农药，都换成自家做好的包装，这样来他们家买药的人就无法撇开他找到农药或者肥料批发商了，他也可以小赚一笔。他说这是智商费。

何瑾秋问他那么甜的苹果，是不是跟传说的一样，打了什么增甜剂。他笑起来，露出一口憨厚的牙齿说，现在是科学种植，增甜剂里的赤霉素对人畜都无害。妇人又哼了一声，他将矿泉水瓶里的吸管抽出来，盖好瓶盖将瓶子放在床头柜上，接着他们将她抱起来摇高床头，女孩开始用梳子给她梳头。她的头发稀稀拉拉如同几根稻草，女孩从水瓶里蘸了点水，用水轻轻地梳妇人的头发，边梳边给她小声地说着什么，然后慢慢将她的头发编起来，编成两根细长的辫子，再用皮筋扎起来。这样她的脸和眼睛就完全显露出来，散淡如不相干的两个物体，无法将它们连成一体。何瑾秋想起小时候爸爸妈妈也经常给她编辫子，妈妈编的辫子总是松散，怕头发绑得太紧伤头皮，不过到下午就显得乱蓬蓬的了；爸爸编的辫子持久度要高一些，但总是扯得头皮生疼，去掉皮筋后，头发还会高高扬起。

"有些苹果长那么大，是不是打过膨胀剂？"

"你说的那叫'膨大剂'，不叫'膨胀剂'哦。"何瑾秋看着老杨将热水倒进盆里，拧干毛巾给妇人洗脸，他轻轻扶住她的头，仔细地在她脸上擦了一遍又去搓洗，又给她擦了一遍，然后将脸盆里的水倒进厕所。他松了一口气继续说道，"开始有些果农为了果子个大，就打膨大剂，一个个鲜亮透明的大果子看上去喜人，这种苹果存放的时间很短。再说打膨大剂破坏了果树的养分，下一年枝丫长得多，开花的少，挂果自然就少。"

跟杀鸡取卵是一个道理，何瑾秋想。

也许是在医院待的时间久了，老杨很乐意向一个陌生人说起他们家的果树，说那些何瑾秋根本听不懂也不会感兴趣的果树。他的老婆年轻时身体就不好，每次出门干活，她坐在旁边看他。他们在一起生活了二十多年，生了一个女儿。

坐在床边过道上不是吃东西，就是拿着手机玩游戏的女儿，如果被何瑾秋妈妈看见，她会认为这个姑娘绝对无可救药。在何瑾秋她们家，面对一个将死的病人，是一件多么沉重、多么不堪重负、多么无法承受的事，怎么可能还拿着手机打游戏，甚至打得有说有笑，还和人联机开麦呢？何瑾秋也觉得不可思议，人与人的关系要淡到什么程度，才能这样坦然面对疾病和死亡呢？

何瑾秋不知道老杨为什么每天都在回忆他的果树，还是他只有想起果树才让他在面对死亡，或者渐渐远去的时间里有稍许的温暖？回忆土地，回忆果树和曾经的种种，是不是在回忆自己的生命历程？当然老杨不会这么说更不会这么想，他没有这般矫情，无论生或者死对他来说也许都是自然平淡的事，就如同他种果树一样春耕秋收一年又一年。老婆的生命在一点点丧失，跟时间相比，密集的记忆都会消散，四十七岁这个年龄还不算太老。她想起初中课文上学到托马斯的诗歌，大概的意思是让植物的根茎生长的力与让我变老的力是同一个，何瑾秋想，所以让老妇人迅速衰败的力和她血液里流淌着，那个在衰退十涸的力也应该是同一个。

人在脆弱和生病的时候，心理上总要有一个情感的依托。小时候，何瑾秋心理上的依托是她想象出来的一个男性朋友，她给他起了个名字叫张辽。这个张辽在她的日记里消失之前，她为他写了九年的日记，把能说的不能说的，都以信件的方式写了下来。后来，她恋爱了，不久又分手了。这个人既不叫张辽，也不叫她希望的与众不同的什么名字。也许她对他的厌倦就是从名字开始的。她跟男朋友分手四年了，她也不再是一个小姑娘了，说再多娇气、自我怜悯的话都不合适了。

7

何瑾秋第一次感到死亡是触手可及的。就算她的妈妈摔倒住院，死亡这个词也从来没有离她这么近过。死亡不仅仅是个词语，它在不知不觉中成为一个形状，在老杨的回忆里打上一个结。何瑾秋随着他们看向窗外，窗外是初冬的阳光照在树叶上，金光闪射回到窗玻璃上。妇人咿咿呀呀地说了什么，老杨立马伸手去摸她的背，他说，发红了拿药膏来。女孩从柜子抽屉里取出一管药膏给她抹上，两个人一个扶着她，一个轻轻给她搓揉。

何瑾秋想起这么多年来，一直生活在妈妈病痛的影子里。她的妈妈跟爸爸离婚前，用病痛控制她的爸爸，让他每天从焦头烂额的各种药物里，清理出另外一个自己，他总是走神，总是晚回家，最后他出轨，何瑾秋想有一半原因应该是不堪重负。妈妈喜欢在冬天来临的时候，用两个中药罐子交换着在火上熬药。她用药味、用无尽的大大小小需要治疗的疾病逼走了她的父亲。

自从他们离婚后，何瑾秋的妈妈就将情感跟生活的寄托全部压在了她的身上。何瑾秋不得不跟她住在一起。何瑾秋租了一个两室一厅的房子，之前一直是跟别人合租。妈妈住过来的时候正好是冬天，她从她的城市带来了一包又一包捆扎好的中药和两个药罐。何瑾秋以为她将中药熬完之后，这个屋子就消停了。谁知道，放在阳台过道堆积如山的药包还剩下一小半的时候，她每天站在那儿扳着手指数来算去，何瑾秋心中窃喜总算要结束了，可是过不了几天，大包的快递很快就将空缺补上了。室友本来要忍受她们到春天的，可是她突然就搬走了，这就意味着那一半房租得何瑾秋独自承担了。好在妈妈愿意拿出她的退休金承担大半房租，她也是因为要来跟何瑾秋一起生活，提前退休了。

那天，何瑾秋拿着刚送来的一包中药快递，一边拆一边对妈妈说："是药三分毒，一个人长期泡在药罐里是会将肝脏毁掉的。"

妈妈完全不理会她的话，戴上眼镜，是一副看不出是老花镜的粉框眼镜，打开药包——指认那些药材的名字，她的手指在阳光下反反复复拨弄着药材，嘴里一边念念有词："当归、枸杞、茯苓，还有板蓝根。"她的指甲上有一道一道的竖纹，草药的碎屑沾在她满是皱褶的手上。妈妈告诉何瑾秋它们的功能，并且建议何瑾秋也试着喝点中药调理身体，不要总是压力那么大。她取下眼镜，何瑾秋看着她皮肤上生出来的星星点点的老年斑问："是不是人老了都喜欢吃药？"

她神情黯淡下来，郁郁地将眼镜收回盒子里说："我不是担心生病吗？人生了病，除了给子女添麻烦，自己活得也没有滋味。"

何瑾秋记得妈妈跟爸爸离婚后，不久就找了一个男朋友，男朋友的朋友在跟她一起吃饭时，无意间说自己的老婆得了子宫肌瘤，一直没有引起家里人重视，想着是妇科常见病，医生也说绝经了，自然就好了。后来的一天，他的老婆突然在上班时昏倒了，住院查出子宫癌晚期，并且已经转移到肝上，连治疗的机会都没有了。

那个朋友只是在闲聊时说自己的痛苦，何瑾秋的妈妈却听进了心里，像一枚钉子那样揳进去，让她整天坐立不安。据说何瑾秋的家族患有子宫肌瘤病史，何瑾秋的姥姥在很年轻时就切除了子宫，而何瑾秋的妈妈在生何瑾秋之前做过一次人流，医生说她的宫内有黄豆颗粒大小的瘤，医生是凭手感清宫时说的。

二三十年过去了，那个黄豆大小的颗粒在漫长的时间里，分别长出了葡萄大小的一串瘤子，医学上就叫葡萄瘤。医生说要做手术切掉，也有医生说不用切，绝经了就好了。何瑾秋妈妈莫衷一是，拖了很多年都没去做手术。

妈妈不听医生的，却在听了那个朋友的话后，毅然决然地去医院做了子宫切除手术。住院手术时，她没有告诉何瑾秋，医院要求家属签字，她就打电话给何瑾秋爸爸去给她签字。何瑾秋也佩服爸爸居然去给她签了字，还在医院陪护了她一个晚上。那个晚上好几次何瑾秋的爸爸都睡着了，他忘了吊瓶里的盐水输完一瓶要叫来护士换另一瓶，护士也想当然以为盐水吊完了家属会按铃。何瑾秋的妈妈双手绑着各种检测仪器无法动弹。她说其中一次她自己感觉盐水挂完了，就叫何瑾秋爸爸，却发不出声音。后来护士进来，念念叨叨说盐水干了几次，怎么这样守护病人。

妈妈还说何瑾秋她爸爸，在她手术前看都没有看　眼，就签字了，心简直太狠了。何瑾秋说他为什么要看呢？你都决心做手术了，那些条条款款是固定格式，又不是针对你的病例设定的。妈妈说他就不怕我死吗？何瑾秋说你都不怕死，他怎么会怕？她说我就是因为怕死才去做手术，我死了你一个人在这个世界上怎么办？你以为一个女人愿意去切掉自己的子宫？

妈妈没有告诉新找的男朋友，她做了子宫切除手术，甚至没有让单位的人和朋友知道。她是过于追求完整的人，她的生殖器官要被摘除，那时她也才四十多岁，对她的打击很大，尽管是她自己选择的结果，而不是出于无奈。她惧怕疾病转换成不治之症的程度超出想象。何瑾秋记得妈妈有鼻炎，妈妈的二舅母就因为鼻炎最终患上了鼻癌，痛得不能忍受而跳了楼。何瑾秋的妈妈惧怕那样的事发生，四处求医问药，有一次她正好去医院看鼻炎，结果拍出来有严重的鼻窦炎，鼻中隔还偏曲。

那时候的她还不明白什么是微创，她说那天下午她还要去开会，以为做完微创手术就可以离开，医生就是这么给她说的。鼻炎微创手术就是对鼻甲进行相应治疗，有的还对下鼻甲进行等离子消融。手术后并不如她想的那样立马可以去开会，而是要进行消炎处理，给她打上吊针，因为护士没有经验，点滴的速度过快还差点造成她昏厥。事后她以为她的鼻炎从此就控制住了，无不得意地告诉何瑾秋有病就处理掉，以防后患。殊不知两个月后，她的鼻炎又严重起来，她又四处求医，后来就是吃中药控制住的。

8

做子宫切除手术之前，何瑾秋的妈妈将所有的存折放进一个大信封里，写好了遗嘱，然后告诉那个男朋友，她出差去了。她发短信给何瑾秋爸爸说，如果从手术室没出来，我女儿的东西全写在信里了，东西在保险柜里，密码用了我们三个人生日的后两位数，一定要将东西交给女儿。也就是说手术前她给何瑾秋写了信，讲明了钱的去处以防万一，因为她活着出来了，所以何瑾秋跟爸爸都没有看到那封信，留给何瑾秋的存款自然就没看见。因为这件事，何瑾秋没多久也写了类似的东西，如果出了任何意外，这封信可以证明所有东西归她，她爸什么也别想拿到。是啊，这个世界上她只有母亲一人可以互相依偎相互取暖。在时间的蜕变下，她从一个亭亭玉立的女孩，变成了一个秃了毛，而且还不会下蛋的母鸡的模样，真是莫大的悲哀。

切除了宫后的妈妈性格怪异，很快就跟男朋友分开了，她进门出门必换衣服，哪怕是去拿一个快递，不停地洗手消毒。跟何瑾秋视频时，何瑾秋看见她往手上喷酒精，用消毒湿纸巾擦手机。告诉她酒精伤皮肤，她却认为跟细菌相比，她宁可选择小小的伤害。

她外出买食物时不让卖东西的人说话，别人一说话她就说不要了，说是唾沫星子喷到食物上了，为此她常常跟人吵起来。每天起床的第一件事就是给何瑾秋打电话，问何瑾秋起床没，吃早点没？她说北京太大，女儿一个人她不放心，她想提前退休来北京照顾她。何瑾秋告诉她北京是最安全的，她还是不放心，何瑾秋说她患了被害妄想症。妈妈甚至给她设置了聊天暗号，每次在讲话前，她会问她，暗号，她就会通过回答妈妈身上长的某颗隐秘部位的痣，来证明自己是她的女儿。

中午一过十一点半准能接到她的电话，有时候她还在会场参加会议，妈妈通过电话听到那边领导在讲话，麦因为领导的手触碰的原因发出吱吱的电流声。她只要听到何瑾秋的声音，就会挂掉电话，可是何瑾秋没有发出声音，她就在电话里"喂喂"一阵，直到何瑾秋不耐烦地说一句，没死，还活着呢。

妈妈并不生气，挂电话时还不忘说句，没有家教的玩意儿！

晚上回家一个电话，睡觉前一个电话，感觉整个人都在她罗织的网眼上吊着。忍无可忍时，何瑾秋故意在晚上她打电话前关掉手机。这样做非常残酷，妈妈整夜难安，不停地打电话，也许是她累了睡，睡醒了又打。第二天的开机信息，跳出来的红色号码同样令人崩溃，那是一种既罪恶又无法喘息的感觉。

妈妈大概就在那个时候患上了抑郁症。渐渐地，电话少了，有时候电话通了，何瑾秋还没有说话，她就说，好吧，就这样。何瑾秋会傻愣愣地半天反应不过来，拨过去她又不接了，以为她是在欲擒故纵。也是那个时候，在日常生活中，她开始戴上老花眼镜，她们微信视频时，她戴着老花镜，表情木讷，不看镜头总看向窗外。她们家住的楼房对面楼顶上种满了花草，那儿有两棵盆栽的橘子树，冬天雪落在黄澄澄的橘子上，冰凉剔透增加了冬天的寒冷。

何瑾秋不得不将妈妈接来一起生活。妈妈来了以后，又有了新的生活热情，就是每天开始熬中药，她依赖那个气味的程度超过了喝下它。直到有一天何瑾秋不小心打破了她的药罐，何瑾秋以为没有药罐她就消停了，但她又从橱柜里拿出来一个备用的，举在何瑾秋眼前晃晃说，不要再打碎了，这回没有了。

不久何瑾秋又将药罐摔碎了，这一次真不是故意的。正想着怎么给她一个交代，站在窗前的何瑾秋，就看见朝楼道走过来的她在看见女儿时加快了速度，她手里抱着东西，结果摔倒了。何瑾秋看着她，以为她会自己爬起来，但她没有爬起来。何瑾秋感觉到事情不妙，拿着手机从楼上冲下去，边跑边打急救电话。

9

她梦见妈妈缩成了一个只有《指环王》里怪物那么大的小人，就像一只快不行的仓鼠躺在纸巾上，身体软塌，慢慢失去水分，纸巾下方吸收着不知从哪流出的脓液。接着她推了一下妈妈，但她怎么也推不醒。

就在这时，何瑾秋被突然的一声巨响惊醒了。这样的声音已经不是第一次了，之前他们在打开折叠床时一失手，床砰的一声掉到地上，吓得何瑾秋的心狂跳了好一阵；喝水的杯子也会哐当一声掉到地上，在地板上滚动，从这一头滚到那一头。这会儿，那个女孩手里的盆掉到地上了，他们正在给妇人搓洗身体，水流了一地，小伙子跑到厕所拿拖把，他们若无其事地处理着一切。

他们不停地说话，旁若无人地争论着什么，但并不是说盆掉下来了，而是说一些让人一时半会儿听不明白的事。他们仿佛早已经不分白天或夜晚，家里或医院，两个人会突然发出一声尖叫，然后笑起来。微信视频电话响了，那个女孩将手机举到妇人面前，手机里发出另一个妇女的声音，她们在视频里说话大笑，让那边的小孩喊姨婆。

妇人对着视频，何瑾秋看到她一直在笑，她说话口齿不清，却丝毫不影响对方说话的兴致，房间里全是她们的声音，像一块块的碎瓦片飞来撞去。这时，14床的那个女人进来了，她的丈夫老刘跟在她后面，走过何瑾秋的床位时她微微侧目，老刘边走边用温和的声音问老杨，来会诊的医生是不是走了？

十分钟前是来了一个医生，站在门口问了一声14床去哪里了，随后他就走了。老杨给14床打电话，他们就回来了。

老杨跟他们说着话，妇人依然没有停止视频。何瑾秋偷偷朝14床那个烫着极短的卷发的女人看，她即便快六十岁了，但皮肤白净得如同凝脂一般，即使有医美留下的痕迹，一看就知道她没有受过什么罪，让人不得不承认命运不可能是公平的。

14床他们家在北京，她之前在部队文工团工作，转业地方后在一家文化单位工作；她的丈夫老刘是山东人，转业后在北京什么部门做领导。老刘温和而冷静地坐在凳子上，看着那个姑娘将手机举起来又放下，手机视频里的人像是不知道病房里坐满了人，一阵阵笑声传过来，老刘夫妇像是什么也没听见，各自看着手机。

又进来了两对夫妻，他们是老刘曾经的部下，转业后老刘给他们安排了工作。他们热热闹闹地来探望14床，病房里一下子塞进来六个人，加上老杨家四个人，整个屋子感觉有点水泄不通。女孩见人多，关掉手机跟着小伙子出去了，老刘的战友坐在那张折叠床上，男人们说的是山东话，语速很快，女人们围坐在床上你一言我一语，病房里跟开了锅似的。何瑾秋认真听着他们的对话，知道了14床的她在家突然倒地，然后被送进医院抢救，已经来了很多天，除了要进行造影检查外，她的血管上还出现了一个不明肿瘤，这是医生来会诊的原因。

老乡、战友、上下级、恩人，错综复杂的链条要多铁有多铁。何瑾秋羡慕人多势众是多么幸福的一种生活。14床的女儿女婿也在部队，她的女儿三十多岁，生了三个孩子了，听到这里，何瑾秋竟然有点黯然神伤。14床的女人跟何瑾秋的妈妈一般年纪，她的女儿跟何瑾秋一般年纪，人家却已经是三个孩子的妈妈，而何瑾秋连婚都没有结，更别说孩子了。而且她这个年龄，再怎样也不可能生出三个孩子，年龄不允许，条件更不允许。女人和女人之间真的是有区别的，命真的也有贵贱之分。何瑾秋也差点结了婚，不是吗？她和他谈了四年，然后他离开北京，然后分开。留她单枪匹马，继续在北京打拼。为什么要留下来？因为海阔天空。其实真正的海阔天空，大概只是激励跟想象。现实比想象的更逼仄更狭小的人生，也是值得过的。

14 床众星捧月般坐在那儿，细皮嫩肉，柔声细语。何瑾秋向她问起她的女儿时，她遮遮掩掩，大概是觉得一个外地人问这么详细就是对她家有企图。他们早就习惯了所有的关系都是有所企图的。看得出来，他们跟老杨关系很自然随和，老刘也用老杨的温水瓶倒水喝。

他们热闹地说着话，妇人像是安静地睡了。老杨坐在床边的矮凳子上弯腰低头玩手机，他的女儿跟女婿进来转了一圈，见没有地方可以坐，两个人就又出去了。初冬天气还不算太冷，他们穿上羽绒服为的是晚上好坐着或躺着过夜。

老刘出去了，他的战友也跟了出去，不一会儿他们又回来了，他们出门找医生，没找到站在门口说回家吧，明天的手术也不知道是什么时间，早点来就行了，他们又闹哄哄地走了。

终于安静了，何瑾秋闭上眼睛很快就睡着了。夜里何瑾秋听到一声惊叫，然后是快速跑过来的脚步声。灯开了，老杨从躺椅上跳起来。是那个女孩的声音，妈呀！妈呀！你怎么掉下床来了？他们一个抱头一个抱脚，惊天动地地将妇人抬到床上。

女儿责备老杨，你怎么就睡着了？老杨说，我看到她睡着了，我才睡着的，谁知道她会装睡。女孩跑去叫来值班医生，医生边做检查边说，她怎么有那么大本事，管子都拔了，如果出血，我们就没有办法处理了，你们怎么看护病人的？她把氧气也拔了，太危险了，要出人命的。

何瑾秋睁着眼睛躺在床上，静静地等着他们消停。医生走了，护士来了，几个人手忙脚乱地给妇人上氧打针挂盐水插尿管。小伙子从外面走进来，悄无声息地站在门口。护士们忙完了，小伙子才走到床边站着，他们三个人都站在床边。妇人很安静，她一动不动地躺在那儿，像是什么也不曾发生过。

何瑾秋问女孩，你妈妈跳下床了？女孩说，她跳下床跑进了厕所。何瑾秋说："她想自己小便？"女孩说："她根本不可能小便，导尿管插在身体上都没有导出尿来，不知道她发什么神经，居然跑到厕所里面去了。"

女孩睡前怕吵到老妇人，将一张躺椅抬到门口，深更半夜她睡在门边，竟然听到她妈妈进了厕所。现在他们一家人都站在那儿看着老妇人，午夜惊醒后是不好再入睡了。何瑾秋的脑子也乱糟糟的，何瑾秋翻来覆去无法入睡，却有了个新发现，这个妇人也许脑子有问题，从来没听见她说过一句清楚的话，眼睛也是散漫的，也许她不知道自己会死，也许她想死呢？

想到这儿，何瑾秋迷迷糊糊睡去了。

10

天还没有亮，护士就来抽血，扎指头查血糖，走廊里也开始有人走动。起来后何瑾秋就开始按照要求，将大小便样品放到指定的银色托盘上，回来时却发现12床的病人坐在床上。

她跟14床一样，两个人都是要做造影，并且她们的主治医生是同一个人。一个男的坐在过道的椅子上，他们看上去不像夫妻，近四十岁的样子，两个人各看各的手机。14

床的那位金贵的女人也来了，红光满面地走进来。跟她相比，12床的女人虽然年轻，却显得有些人老珠黄。

男护工将一辆手术椅推到门口，叫12床。何瑾秋问男护工，她为什么要坐这个？她不是好脚好手能走吗？穿深蓝色衣服的男护工满脸铜黄，一张口露出一嘴锈水牙说："不坐这个车，万一病人的血液往外冲就麻烦了。"何瑾秋不爱听他说病人，不过是做个检查，什么病人不病人的。

12床问，做完检查是不是还要坐这个轮椅？护工笑起来说："你去的时候都坐，出来怎么可能不坐？前几天一个女的做完造影手术出来，她感觉自己一点问题都没有，非要自己下地走路，结果她走进厕所，血管上的伤口就崩了，医生过去都没来得及抢救，人就没了，就为了节省六十元的手术车费用。"

12床不再说话，她坐在手术轮椅车上，她的丈夫起身跟在后面。二十分钟后那个男护工又站到了门口，不过这一次他推的是手术床，他喊14床。14床走到门口说："怎么不是轮椅车？"他说："这个是随机的，遇上什么就推什么。"她说："我好端端的，让我躺上去，也太难看了。"他说："你坐在上面吧。"她的丈夫扶着她，她爬到床上，穿着粉色的睡衣坐在上面。

13床做透析去了，病房里只剩下何瑾秋。她的管床医生是个精瘦的小伙子，看上去不知是实习的还是才从学校毕业工作的，他的年龄小得让人无法对他产生信任，往小了说，简直就是个刚参加工作的〇〇后。他一会儿进来为填一张单子让她签字，一会儿又送来一张让她补充。上面的内容都没有看，大概都是明天手术时可能出现的情况，签了字一概与医院就无关了。那些字密密麻麻，不是专业学法律的根本看不懂自己的权益在哪里，只能闭着眼睛签，何况他也没想要她看清楚，指着这儿，翻页又指着那儿，签吧，该死不得活。

签完字，何瑾秋已经累得筋疲力尽，刚想睡，男护工推着12床回来了，她坐的还是轮椅，一只手扎着绷带。她一个人回来，躺到床上。何瑾秋问她老公呢？她痛苦地侧转头咬着牙说："他啊，我一进手术室就跑了。"何瑾秋不好再问，她闭眼睛躺平了说："我们早该离婚了。"何瑾秋说："你们没有小孩？"她说："结婚很多年，一直没有，不知道我们谁没有生育能力。"何瑾秋以为她在幽默，不便再继续说话。12床半睁着眼睛看何瑾秋说："你结婚没有？"何瑾秋也笑笑说没有。她说："不结也好，像我们这样结了相互祸害。"她抬起那只捆扎得很紧的手说："既胀又痛，医生说要喝光六瓶水，不然做造影时血管的药会伤肾，出现肾衰竭，医院可不负责任。"何瑾秋明白了她的意思，麻烦帮她拿水。她说她可以直接喝矿泉水。何瑾秋从床头柜拿出矿泉水说："不行的，要喝热水。"她摇头。何瑾秋看到老杨的床头柜上的大温水壶，就用它来倒热水。

何瑾秋问她老公一会儿会来吗？她说："不会了，他在等着我死。"她说她挣的钱比他多，两个人早年都喜欢炒股，他总是亏。两个人关系不和，各种吵架打架，人都整疯了，日子没法过了。她提出来离婚，男的说把房子卖了两个人平分。他想得美，房子的钱都是她挣的，他想来分房子钱。他说不分房子就不离婚。两个人就不离了，住在一个屋子里形同陌路。何瑾秋说："怎么办呢？"她又笑了一下："怎么办？现在我们都在等着对方先死，看谁先死，就是最好的解决办法。"也就是说，她才三十八岁，男的四十二岁，他们都在等着对方先死。

何瑾秋又去给她倒水，她喝得很快，一会儿就将温水瓶里的半瓶水喝完了。何瑾秋不想去打水，就告诉她没水了，一会儿想喝时再去打。她半闭着眼睛说，不是想喝，而是必须喝，不喝就会死。她其实是在自言自语，何瑾秋心里涌起一股不悦，凭什么你喝水，我就得理所当然地去给你打水？原本温水瓶里有水，我不过是顺手帮一下你。

　　何瑾秋躺到床上继续用手机工作，假装没听见她的话。

　　14 床也做完检查回来了，他们的战友跟在后面，在过道上停下来站在那儿。她面如雪梨的脸色有些发黄，躺到床上时嘴里发出哼哼声。老刘提着老杨家的温水瓶摇晃两下说没水，然后他去打热水，不一会儿就回来了。他说，没有开水怎么办？老杨之前就说过了，这层楼经常没有开水，得顺着楼梯爬到楼上去，那儿每时每刻都有开水。他的战友接过温水瓶出去了，回来时果然提着满当当的开水。

　　他们围着 14 床倒水，说话喊喊喳喳。何瑾秋又去给 12 床倒了杯热水，她一口喝尽后，何瑾秋又倒了一杯，她又喝了。看来她是渴了，大家都不想死。他们终于安静下来，12 床跟 14 床终于隔着一张床交流起来。14 床先喊痛，12 床侧着身体说，是痛死了，给我手术的医生在我手上切口时说，呃，没有切对。天啦，我都快痛碎了，全身发抖。14 床说，我的也一样，切开了，说不对位，又重新去调整什么仪器，人都快被吓死了。

　　何瑾秋在一边听着，心脏突突地乱跳，早知道这么麻烦就不该来。人越怕死就越受罪。医生又送来单子给 12 床，让她去做别的心脏检查。这　回她拿着单子看一眼就扔到床上说，我才不去做什么检查，我不过有一次心脏绞痛，有点担心才来检查的。她看何瑾秋一眼，何瑾秋想起了她怕死的原因，那就是她的丈夫还在等着她死去，将财产照单全收。而在她心里，也在等着那个该死的男人快快死去。至于他们之间的关系，除了三观不合的通俗说法，还因为男的不能再创造财富，坐吃山空躺平摆烂，而她还在不断地拼命。幸好两个人没有生孩子，不然事情会比现在复杂多了。现在只要他们之中的一个先死去，不管多漫长的折磨和等待，都会结束。

11

14床和12床休息了六个小时，医生来给她们的手松绑，她们就回家了。医生说手术过的这只手不能提重物，但14床走的时候，她自然地提起一袋水果，而老刘走在她前面。何瑾秋说你的手怎么可以提东西？她反应过来，赶紧将水果递给老刘。她说她不在这里住了，明天就去联系安贞医院，那儿更权威。

13床还没透析回来，病房安静了，何瑾秋本想睡上一觉，护士进来说种留置针。一个"〇〇后"小护士站在床前，俯身拉过何瑾秋的左手，她胸前的挂牌正好杵在何瑾秋眼前。她还是个实习生，在何瑾秋手上拍打找血管，另一个护士站在边上一语不发。血管细，血液黏稠，从何瑾秋姥爷到她妈妈都如此，是家族性特征，还可上溯到她妈妈的奶奶那辈。护士拍打来拍打去，始终找不到一个可以下针的地方，就将留置针打在手腕血管最粗的地方，这样何瑾秋整个左手就只能伸直不能弯曲。何瑾秋记得她姥爷病的时候，在手的各个部位种留置针，过一阵就会发炎，所以留置针最后才种在血管最粗的地方。这个小护士一上来就这么做，如果是一个长期需要治疗的病人，下一针该往什么地方打呢？何瑾秋有些生气，问她为什么种在这个部位，看到她小声细气的样子，何瑾秋又想到她的不容易，就没有再继续理论。

何瑾秋又想起该给妈妈打电话了。妈妈应该是起床了，如果小时工阿姨准点到家里，她就已经坐在轮椅上了。何瑾秋拿起手机给她打电话，打了很久都没有人接。以往只要手机在她跟前，她会接通电话，能感觉到她的回应。也许阿姨过来给她吃了饭，走的时候没有把手机放在轮椅上，何瑾秋没有这样要求过阿姨。她想着住两天就回去了，妈妈一个人坐在轮椅上也能看电视，就没有特别交代阿姨。不过手机响她应该能听见，也可以单手慢慢滑着轮椅拿手机。何瑾秋又打了一次，响了很久还是没有人接，可能对方一直是静音状态。

何瑾秋正打算回家一趟，明天一早赶过来，两个护士走进来给她打上吊瓶。何瑾秋问护士12床她们怎么不打吊针？护士说各人的情况不一样，主治医生也不一样。何瑾秋问，是不是我的情况比她们都严重？护士说具体情况她们不清楚，只是按医嘱行事。何瑾秋重新躺到床上，心里还想着回家一趟，便问她们吊针打到什么时候？她们说一直打到进手术室和出来。何瑾秋又问有多少瓶？她们说就这一瓶。护士离开时对着手表调慢了点滴的速度，速度慢到几乎看不见。

何瑾秋两只眼睛盯着吊瓶，有时候根本看不到它在滴。这样一点一点滴到第二天早上，滴到去做手术！呵，医生用的是水滴石穿的原理，药水渗入肌体意味着何瑾秋不能离开医院、不能随便动，上厕所得提着吊瓶。何瑾秋闭上眼睛等待时间快快流走，因为心里惦记着一直没接电话的妈妈，整个人变得焦虑起来。

护工进来换13床的被单，很快何瑾秋就听到老杨一家人进来了。护工侧着身体从他们身边挤过去，然后老杨跟着推手术车的男护工将车引到靠近床的过道上，几个人一起将妇人抬到床上。她鼻子上着氧，护士进来又给她打了吊针。何瑾秋睁开眼睛看着护士娴熟地操作完，抬着小托盘离开，侧头看看自己的手，所有人的留置针都是打在手腕那儿，只有自己的打在大血管下去一点，那个小护士真是怎么方便怎么来。

老杨的女婿从楼下买来晚餐，他们坐下来热火朝天地吃东西。老杨的女儿用舌头舔着烤肉串上的孜然，咧开嘴唏唏地龇牙，脸涨得通红，还将剩下的半截肉串往小伙子嘴里送。老杨走过来关掉屋顶中央的灯，为的是不让灯光刺到何瑾秋的眼睛。

何瑾秋看一眼缓慢得让她焦虑的点滴，将头扭向墙那一面，脑子里乱糟糟的，想着如果她的爸爸没有离开妈妈，他们现在是什么样子？他们一家人是不是也会这样，依偎在病房里？在一个很远的城市里，在那个她生长的城市里，他们俩一起度过冬天特别阴冷的日子。两个人一起去买菜，一个走前一个走后，出门或者进门都不用说话，整天没有一句话能说到一起的日子，也是无法想象的。

离婚后的爸爸找了个小自己十多岁的女人，女人像是多了份工作，她的任务就每天陪着何瑾秋的爸爸开车、说话，爸爸带着她们乡下的一家人到处玩。爸爸的退休金没有过万，对于她们一家人来说已经是富翁了。爸爸说他们每个人都很不容易，没有经济来源。何瑾秋挺心酸的，他怎么不想想自己的女儿也不容易。他没有给自己留一点经济上的后路，也许他还没有想到生老病死这件事，这也是他跟何瑾秋妈妈三观不合之一。

有一年何瑾秋回家，坐上她爸爸的车，他的车像是一辆公务车，后排座安装了看平板视频的架子，灰色的装瓜子糖果一类的干垃圾挂桶，矿泉水湿纸巾随手可拿。车子的后备厢里还有一张绿色的收缩躺椅，一张简易小木桌，以至于她的行李箱都放不进去。很显然他开着车随走随停，服务于那个女人的家人，让他们吃好喝好享用好。当时何瑾秋的心里就涌出一股酸酸的感觉，他与妈妈十多年的夫妻生活中，她妈妈的家人从来没有享用过这样的待遇不说，他也总是横鼻子竖眼睛地对待她的家人。而这个游手好闲的女人，每月除了从爸爸手里拿走三千元钱，生活中所有的费用他都得出，还得负责她们一家人的吃喝玩乐。

何瑾秋的爸爸乐此不疲地服务于她们，去她们家时还到地里面挖土撒种子，那个女的拍了照片发给何瑾秋。何瑾秋不知道她发这样的照片是想说明什么，总之当何瑾秋点开照片看到自己的爸爸在地里挖土，他满面笑容地冲着手机镜头，他的身后是几棵树叶落尽的杂树时，何瑾秋的眼泪就流了出来。尽管何瑾秋知道爸爸成了名副其实的扶贫队员，她们一家人像一堆寄生物那样吸附在他的身体上，让何瑾秋无比心痛，那又能怎样呢？他似乎也乐在其中。

之前何瑾秋从来没有想过，他难道真的很愿意过那样一种除了付出，还是付出的生活？可是此时在老杨一家人随遇而安的热闹里，何瑾秋第一次想到了爸爸往后余生的处境。也许他这么做，就是为了将来有一天有个人会照顾他。他们离婚后不久，他就患上了糖尿病，160斤的人陡然间缩成一个只有120斤的瘦小老头。

12

老杨他们吃完了东西，女婿收拾完垃圾，他们坐下来玩手机。老杨站在床头边，他们全神贯注地玩着。昨天来看14床的那个女的，跟他们讨论着拿手机打麻将的事，那个女孩更是来了兴趣，一张脸笑得通红，说老杨每次都输钱。她们喊喊喳喳地说了一阵。

何瑾秋只知道游戏，从来不知道打麻将这个软件，大概从何瑾秋记事起，她们家人在那个打麻将盛行的年代就不打麻将。她的姥姥非常反感打麻将的人，按姥姥的话就是，人一坐上桌子，就六亲不认。所以何瑾秋娘家这支队伍都不会打麻将，也就成了"绝缘体"。在一个麻将无处不在的城市，不打麻将就等于与社会脱离了关系。何瑾秋小的时候跟着她妈下乡，沿途会看见坐在田地里打麻将的人群，他们在田边地角摆张桌子，随时可以打麻将，甚至在天气热的时候，他们还在河边放张桌子打麻将，留给外地开车路过的人一道不解的风景，红白喜事凡是热闹的事聚在一起，除了打麻将，人就无趣无聊得很。

他们认真地玩着手机麻将，女孩有时候将身体歪过来，往小伙子手机上看，小伙子不让她看，将手机举起来或者藏在身后。病房里安静得如同无人，何瑾秋偶尔看一下吊瓶，时间在点滴上一滴一滴毫无觉察。老杨也会偶尔回头看一眼妇人，她显得很安静。何瑾秋的眼皮渐渐耷拉下来，所有的声音跟想法渐次退去。

外面下雨了，滴滴答答的雨声涌进何瑾秋的耳朵，风带着雨水吹进窗来，病房里的空气一点点被滤得清透，她动动身体让自己躺得舒适一些。女孩的笑声像是一些碎石子那样，抛到何瑾秋的耳朵里，伴她渐渐入睡。短短的时间里何瑾秋做了个梦，梦见小时候的自己骑在爸爸的肩膀上，他飞快地跑着，她的笑声也变成碎石子，沙沙地打落下来，她的妈妈长发过膝，从开满小花的草地上朝他们走来……

门被撞出了声音，砰！护工推过来的手术车又"砰"的一声，屋子里进来很多人，七手八脚忙着的声音。何瑾秋被吵醒，听到护士问："氧气管什么时候掉的？"老杨一边帮着将妇人往手术车上抬，一边说真不知道什么时候掉的。护士说："是病人自己拔的吧？"老杨说："我们一直坐着，倒是听到她哼了一声，我转面去看她，没有发现什么不对，所以就没有管她。"

何瑾秋一动不动，认真地听着屋内发生的一切，确认不是做梦时，脑子里想着昨天，妇人也是自己拔了氧气管。她为什么总是拔氧气管？这一次也许她不是故意的，也许是她睡着了不小心抓下来的，老杨他们玩得太投入了。没有人知道她心里想什么，也没有人知道她身体经历的痛苦，她到底是希望死去，还是继续这样活着？医生说："瞳孔放大了，脉搏很弱。"老杨说："医生你救救她。"医生说："赶紧送 ICU。"

一团乱麻似的声音退去后，何瑾秋又重新听到雨打在窗玻璃上滴滴答答的声音，还有树叶投下的影子在灯光里摇曳。

13

天刚亮，护士就到床边拿起何瑾秋的手扎针查血糖。何瑾秋说："你们一天扎我三针，给你们说过很多次了，我血糖从来都很正常。"护士不说话只管扎，然后转身而去。不一会儿量血压的进来了。何瑾秋又说："我的血压真的不用反复量。"一个护士进来将吊瓶上的点滴调快了一点点，何瑾秋朝还剩下半瓶的液体看了一眼，昨天来让她签了几次字的医生过来说："准备一下，你八点半的手术。"

这个瘦小说话带点地方音的男医生，个子并不高背却有点驼，昨天他问何瑾秋抽烟喝酒不？她说偶尔抽烟。他回办公室后不久返回来，拿了另外的单子让她签字，他也不主动让她看签字内容，直接翻到签字页让签字。签完字，何瑾秋就后悔了，干吗要那么老实说抽烟，让医生做文章，如果有个三长两短，都会成为医院脱掉干系的证据。

穿着蓝色工装的男护工站在门口敲了两下门，他让何瑾秋坐到手术车上。何瑾秋说："幸好是轮椅车。"他笑起来说："是的，幸好。"何瑾秋说："我能不能自己走着去？"他说："不能，你挂着吊瓶怎么走？"他将轮椅朝前翘了一下，放平然后站在那儿又说："几天前有个女的手术出来觉得没事，她坚持要自己走，结果她走进洗手间就发生血崩，大出血没来得及抢救人就没了。"何瑾秋没有说话，坐到手术轮椅上，他从她手里接过吊瓶挂到吊杆上，问她家里陪护的人呢？

何瑾秋赶紧给昨天联系好的陪护打电话，陪护说已经到楼下了，何瑾秋叫她不要上来，这边立马下去。女护工在电梯口迎着他们，她眼力真好，何瑾秋都没认出她来，她们只是在昨天见过一面，她站在病房门口，简单地说了几句话，她还有别的病人要见，就匆匆走了。

手术室在影像楼，影像楼在另外一个区域，阳光直射过来照得人睁不开眼睛，梧桐树叶飘下来，挡住日光的树荫下来来往往的人，坐在轮椅上挂着吊瓶面色发青，手脚抖擞蜷缩的人，一个个被人推着从眼前滑过。护工推着何瑾秋走过长长的人行道，又乘手术专用电梯来到六楼。护工娴熟地推开造影手术室的门，出现在眼前的是一个干净整洁的通道，略微带一些蓝色，让人一下子感觉到沉静安宁。穿绿色手术服的男医生，穿梭在通道里做术前准备。何瑾秋脑子里突然冒出"屠宰场"这三个字，她赶紧转换视线，看到与手术室对着的房间，是主治医生的控制室，主治医生可以通过视频看到手术的全过程。

送何瑾秋进来的男护工将她安排在过道的长凳上休息，请来的女护工站在门外，她的存在就是为了出现万一，她可以假冒成何瑾秋的家人签字。何瑾秋知道自己不会有事，所以她只是一个装饰性的存在，当医生喊11床家属时，女护工可以立即应声而出。长凳上坐着另一个挂吊瓶等待手术的老头。男护工推着轮椅走了，他继续去接下一个准备手术的人，等他返回来时，正常情况下何瑾秋已经完成手术，他正好又可将她送回病房。

医生问，家属呢？何瑾秋说在门外。这时门开了，走进来一个干净且高大健壮的医生，在门边鞋柜前换了鞋。迎面而来的人叫他万医生，万医生从她跟前走进更衣室，他也注意到了她。只是匆匆一瞥，何瑾秋就在心里想，如果他是我的医生，会让人非常心安。他的长相确定了他是一个极度聪明，甚至让人认为，他是个一丝不苟的人。

主任医生在控制室里说话的声音传出来，穿绿色手术服的医生圆头胖脑，皮肤偏黑，他戴着手套，叫了何瑾秋的名字。何瑾秋走进手术室，按照他的指示躺到床上，首先看到了脚那个部位，盐水杆上已经准备好了四五个吊瓶，她猜想那是为了发生意外时有备无患。在何瑾秋的左侧有一台电脑，她可以看到那根导管进入她心脏的全过程，它吱吱地响了两声。

穿绿色手术服、圆头圆脑的医生让何瑾秋害怕，他是那个让她产生"屠宰"想法的医生，她努力使自己镇静，心里还是不断地哆嗦着听从圆头圆脑医生的指令。他对何瑾秋进行无菌消毒程序处理，她被罩在蓝色的一次性消毒布下面。这时万医生走进来了，他穿着浅蓝色的手术服坐到手术床边，她心里踏实了。圆头圆脑的医生将她的整个右手都做了消毒处理。

何瑾秋被消毒布帘隔开了，万医生调试好仪器，然后迅速切开了她手上的动脉血管。他轻声细语地说了句"非常准确"，接着她就感受到一个球状的东西穿过手臂上的血管，进入到自己的心脏。

何瑾秋知道可以通过屏幕看到身体上重要的血管分布，甚至看到血脉的流动，然而她还是选择紧闭双眼。看到自己鲜活的血液流动，是不是一件非常恐怖的事情呢？她一动不动始终紧闭双眼，直到听到控制室那边发出一声撤回令，那个球以迅雷不及掩耳之势，从她手腕上的缺口退了出来。医生说，结束了。他的声音非常干净，就像他的外表一样没有杂质。

他们揭开那个消毒罩，何瑾秋问不用搭支架吗？他笑起来说："不用，血管淤堵才需要搭。"他的眼睛闪亮，牙齿雪白。他起身出去了，何瑾秋的眼睛落在圆头圆脑穿绿色手术服的医生身上，他正在使用止血板，包扎完她的手腕后，他起身告诉她这只手一直抬着，不能放下来让血流回冲，医生给松绑后才能放下来，两周不能用力提重物。何瑾秋俨然一个重症病人那样心领神会地点头，下床时她看了一眼"预备营"一样挂着的那些吊瓶，舒了一口长气，一切顺利。

何瑾秋手上的吊瓶还在一点点地滴，圆头圆脑的医生一只手帮她提着吊瓶，他们从手术室里走出来。他将吊瓶挂在过道的盐水架上，何瑾秋在长凳上坐下来。之前的那个老头还坐在那儿，他的一只手也跟何瑾秋一样得举着，他是另外一个医生的手术病人。老头对医生说，你看我的手发紫发乌了。穿绿衣服的医生走过去抬起他的手说，你得抬高一点，你的手术医生没有跟你说吗？那个老头按照他说的做了。

何瑾秋朝过道的门看了一眼，没看见她请的那个女护工。其实请她跟不请她一个样，她没有起任何作用。何瑾秋听见主任医生在控制室里喊，下一个！

男护工推开过道的门说："下一个还没来，手术专用电梯坏了。"主任医生从房间里走出来，他骂骂咧咧地在何瑾秋面前走了两圈。他们都穿着专用拖鞋。他说："电梯坏了，这不是扯淡吗？"万医生也出来了，他看了何瑾秋一眼。何瑾秋感觉眼前发黑，她叫了一声，就感到坠入一个黑洞，身体软绵绵地下坠。有人在过道里跑，一个声音说，不行了，已经翻白眼。另一个声音在黑暗的下坠之中浮出来，一道白色的光划开一条口子。那个声音说，不要闭眼睛，坚持住。何瑾秋像抓住了什么，努力向上浮动，不让身体坠落。

何瑾秋在心脏猛烈撞击中醒来，何瑾秋感觉整个下颌部分堆满了呕吐物，知道自己在无知觉时吐了。医生们围在何瑾秋身边，医生将几张纸巾垫到何瑾秋的脖子下面，隔开了那些呕吐物。何瑾秋看到了他的眼睛，明亮地闪在镜片后面，他像是微微笑了一下。她闭上眼睛，感受到穿越千年的约定那样，冥冥中的那个声音一定是他发出来的，像一片树叶那样在激流中被物体挡住漂流、涌动。明亮清澈的声音，萦绕在那个黑暗的时刻，何瑾秋居然被唤醒了。

穿绿色手术服、圆头圆脑的医生，早在何瑾秋昏迷时松开了绑扎的伤口。现在何瑾秋的手在他的手里，他一直举着，先前那种肿胀发麻疼痛的感觉消失了。何瑾秋说："手不用扎了？"他说："不用扎那么紧了，你就这么举着。"别的医生见何瑾秋体征平稳，就撤走了心脏监测仪。主任医生又走过来说："感觉好点没有？"何瑾秋点头时，又看到了那双穿越千年的眼睛和淡淡的笑意，万医生站在主任医生旁边。主任医生说："太危险了，幸好电梯坏了，不然你坐在这里几分钟就没命了，抢救也来不及，就是几分钟。"

何瑾秋苍白着脸，有气无力地问："怎么会这样？"医生说："迷走神经反射，现在没事了。"

14

脱离危险的何瑾秋被推进专用电梯时，工人一边修着电梯，一边将他们送达要去的楼层，然后他们沿着阳光四射的道路，走过那些树荫和人流。阳光一如既往地灿烂，人流一如既往如梦如幻，行色匆忙，树叶凋零随风而逝，一切如故。病房里没有人，13床空空的，被子整理得很整齐，过道上的躺椅也不见了。14床又来了新的病人，他们只是将东西放在床上，却不见人。何瑾秋被推进病房，这会儿她连上床的办法都没有了，情急之下她看见那个护工，竟神不知鬼不觉地站到了门口。护工扶何瑾秋上床时，何瑾秋看到13床的温水瓶放在她的床头柜边上，她的心动了一下，老杨将温水瓶留给了何瑾秋。

他们是出院了，还是老妇人已经走了？想到这何瑾秋心"怦怦"地跳起来。护工为何瑾秋盖上被子时,护士就进来了。何瑾秋跟护工说要喝水,她顺手递给何瑾秋一瓶矿泉水,这些水是何瑾秋之前买好了,放在床头柜里的。老杨说过手术后不能喝凉水,所以他将温水瓶留给了何瑾秋。何瑾秋摇头告诉护工要喝热水,她站在那没有动,像是没有听到何瑾秋的话。

何瑾秋说:"我要喝水。"

护工说:"你要给我钱去买尿盆,你已经不能自由下床。"何瑾秋这才意识到双手不能动,并且还牵扯着一台机子,就算可以提着吊瓶去洗手间,也不能将机子一起抱着去。何瑾秋说:"怎么办?"她说:"护理这种情况的病人要额外加钱。"何瑾秋问她加多少? 她说一天500。何瑾秋吃了一惊,转念一想那还有什么办法呢? 总不至于尿到床上。何瑾秋说:"好的,你先去拿温水壶打点开水。"她弯腰提起壶,摇晃了一下问何瑾秋,是这个? 何瑾秋点头说是。她走出去又倒回来说:"你什么时候给我钱?"何瑾秋哭笑不得地看看自己的双手,说:"等我右手可以动了,就付你钱。"她很快打来开水,然后下楼去买尿盆。

12床也来了新病人,是一个满头白发的老人,她的老伴也是满头白发,他们颤颤巍巍地走进来,连说话的声音都是颤抖的，看上去快九十岁了。何瑾秋闭上眼睛想哭，我好好的怎么就成了现在这副模样，谁知道做个检查就成了病人。护工回来将尿盆放在床下，何瑾秋眼泪止不住往外流，一个人要有多难堪，才能躺在床上往尿盆里尿尿啊？还得大口猛劲地喝水，不然肾脏又会遭到攻击。突然间何瑾秋觉得自己太像妈妈了，平时被她夸张的对妈妈的排斥和怨恨的念头，对疾病的恐惧统统都藏在何瑾秋的骨子里，乃至于肌肤里。实际上，自己就是另外一个妈妈啊，多疑敏感执着坚定。

何瑾秋的电话响了，她示意要接电话。护工一脸不耐烦地接通电话，将电话放在何瑾秋的耳朵边。电话是公司设计部打来的，说何瑾秋交来的设计方案，还需要有个补充说明。"主管经理已经发话，你人不在公司，但是今天之内必须重新上传，你自己想办法。"何瑾秋还没来得及回话，那边就挂了电话。何瑾秋又叫护工拨过去。何瑾秋说："听我解释一下。"那边说："不要解释，你是明白的，公司正在裁员。"电话挂断，护工看她一眼，收起电话放到枕头下面。

一个微胖的实习医生不停地过来给何瑾秋量血压。他说，你的血压太低了。他每次说话何瑾秋都不理他，她坚持相信他也许连量血压都很蹩脚。护工问何瑾秋要不要吃饭，她去楼下买上来。心急如焚的何瑾秋想到要张大嘴巴让一个陌生人一口一口往嘴里灌食，心里就涌过一阵难堪，以及对自己的愤怒。让护工一次次打理尿盆，真的是出于无奈，一顿饭不吃饿不死人。

护工自己下楼吃饭去了，12床的老头坐在过道的凳子上看书。电话响起来了，老头接电话时朝何瑾秋这边看了一眼说，住下来了，你们不用过来，等做完检查再说，你妈挺好的，每个月都要例行的事，你们就不用操心了。然后他说挂了，说多了影响别的病人。

15

天还没亮，外面下起雪来。

何瑾秋收拾东西，背上她的单肩包走到电梯间，无论如何必须离开医院。站在电梯口，感觉天骤然地完全进入了冬天，何瑾秋瑟瑟抖动时，电梯来了，从电梯里冲出来一股人流。她又看到了那双穿过千年的眼睛，他们的眼睛交汇在一点上，又如潮水那样一涌而过。

电梯上去了，一层一层地上去，何瑾秋站在那儿心慌意乱。万医生走过来，走到何瑾秋的身边，与她擦肩而过。他又来了，穿过时间，走到她身边，递给她一件棉外套，他们四目相对。电梯来了，何瑾秋挤进电梯朝他看去，他站在那儿被涌动的人群淹没，电梯迅速下降。

走出大门，冰封大地一片雪白。这是北京的第一场雪，飘飘扬扬洒下来。何瑾秋裹紧他的衣服，不要闭眼睛，不要闭眼睛。他将衣服搭在何瑾秋身上时说，出院了。何瑾秋点头。他说有时间就把衣服送回来。

风挟着雪席卷而来，何瑾秋裹紧身上的衣服，走进了风雪之中。

失 忆 蝴 蝶

工藤一边翻看桌上的菜单一边说，这是他第六次来北京，但从没来过亮马河一带，谢谢她选的这个地方，不然他有可能永远不知道这里。

"就像某一天你突然发现了一条通往回家的近路，而过去几年，你一直在一条更远的路上走着，且不自知。"

她认真地听他说话，眼神时不时地往他身后看。她递菜单的时候，就注意到他硕大的身子只落在了座椅的三分之一处，像人坐在机舱没有调适座椅，背部微微朝前倾斜的样子。她不知道这种情况该用英文里的 Put 还是 Sit，让他向后靠能坐得更舒服，为了不出错，她什么也没说。

她低下头翻看菜单，前额散落碎发的瞬间，还未散尽的染发膏气味若有似无地飘散开。她轻轻地将头发挽到耳后，工藤抬起头冲她笑了一下。为了见工藤，她特意将头发染成亚麻灰棕，那是广告上的表述，实际上镜子里的头发染完后呈现出一种只有在灯光下才能看出来的灰褐色。

他架着菜单的姿势，像在翻一本大型画册，一只手托在书脊中央，另一只手则放在下颌的位置，反复抚摸着下巴上结了痂的疤。边缘的痂已有些脱落，后面露出皮肤猩红的颜色。

"作家永远需要新奇的体验，这样才能维持源源不断的生命力。"工藤说这句话时，把菜单搭在桌子边缘，双手在空中划出了一个圆形似的物体，她不知道那是什么意思，直到工藤笑着说："作家必须活得像一个贪婪吮吸的婴儿。"

她跟着工藤一起笑了，即使她不知道笑点在哪儿。不论工藤说什么，她都会附和的。他是他们之间更年长、更权威的那个，前不久她刚读完工藤那本据说偏自传的《钢琴教师》。这本书让她在很长一段时间里，感到胸口被压得生疼 —— 少有男作家能像他这样把一个女人在婚姻关系中的孤立无援写得如此细致入微。她常常在书中看到自己，尤其是当他描写到女主人公，总是在一大家子人酒足饭饱后，独自在厨房洗碗时，就觉得有什么突然击中了她，感到一阵窒息。

她想起那个常年来难以启齿的感受，她从未提起过，但她敢肯定婆婆是知道这一点的。在与婆婆的相处里，她偶尔试图将婆婆当成母亲，和她谈一些只有母女之间才会有的话题。比如她来月经时乳房胀痛，上次体检医生怀疑是小叶增生 —— 她停住了，猛地在婆婆的眼神里捕捉到冷漠与不在意，甚至是反感。婆婆的那种回避和漠视，让她一下明白自己正被拒绝给予母爱。

她面对的不过是另一个陌生的女人，她们像两条平行线，永远不可能相交，就在她误以为两人相处愉悦，关系更靠近的时候，这种感受就会突然来袭，让她不得不将画有婆婆人像的磁铁，挪到感情标尺更浅的地方去。

当然，她那么仔细地看他写的小说也带有私心，她对这些小说无穷无尽地探索，是为了找到更多关于他私生活的蛛丝马迹 —— 比如他情感的表达和回避的方式。他说"爱"和"不爱"时的声音还有神情，甚至连他的性癖，都充斥着她在夜读时的遐想，那种感觉就像他手指尖燥热的触感，久久地游走在她的背部。

第一次见到工藤那天晚上，活动结束后，外面突然下起了瓢泼大雨，他们等了半小时才打到车。她提出先绕道送工藤回酒店，他没有拒绝。

上车时，雨变小了，他们漫不经心地聊了聊活动的细节。他说主持人不熟悉《夜下风铃》这本书，让后半场的提问略显尴尬。她听出他声音里低沉的疲惫，后来不知什么时候，他们彼此开始沉默，是那种默认的、舒适的沉默，即便他的手不经意间触碰到她的手时，都没有打破这种平静。

他一直望向窗外，没有丝毫的眼神接触。他的手靠得更近了，在车转弯的时候他握住了她的手。她感觉到那双手圆厚、有力，她想被他触碰过的女人，应该都有这样的感受。经过雍和宫时，她侧转头去看他，他把车窗开到三分之二的位置，雨飘了进来，落在他袖口上，黑色的布料显出更深的颜色。

他一直注视着窗外的路人，还有一晃而过的古建。好像他所有感官上的触觉，都被外面的世界带走了，包括叠在她单薄指尖上的那个温热的大手。

如果他们有哪怕一次眼神接触，她都能确定工藤对她的感觉，可是他始终没有转过头来。她下车送他到酒店旋转门前，他不确定她是想握手还是拥抱，她看见他张开的双臂，但已经晚了，她没法把伸出的手缩回去。他立马改变姿势握了握她的手，和刚刚的方式很不一样，具体也说不上哪里不同，好像回到现实之中，手心里的温度突然消失了，让她恍惚间觉得刚才的一切是一场误会。

说再见后，他头也没有回一下。

她站在原地，那个晚上她觉得自己，就像放在出租车后座那把被雨淋湿的黑伞。

回到家的时候，姜涛刚醒。他正站在厨房里热前一天放进冰箱的外卖。不知怎么的，他看起来比昨天还要胖，白色的 T 恤都快遮不住他鼓起的肚子了。她脑海里闪过"大腹便便"这四个字。她突然想起他们刚在一起的时候，他就是这样站在厨房里做饭，有时只穿着一条棉质的宽松四角内裤。

后来，他失业了，时间多了出来，可是他不再做饭，两人如果都在家就点外卖。吃不完的放进冰箱，下一顿接着吃。

他总是把好几个菜放在一起，像大杂烩那样在锅里加热，让每个菜味道尝起来都差不多。她讨厌他这么做，就像喂猪的时候把饲料混起来放进桶里。那股刺鼻的干锅鱼子的腥味弥漫在空气里。

"你要一起吃吗？"姜涛没有问她为什么这么晚回来。只是像往常那样大声地拉开橱柜，在里面翻找放在勺子下面的不锈钢筷子。那个声音每次都会把已经熟睡的她弄醒，从而让她辗转难眠。

"我吃过了。"她看了一眼桌上的碗，早就变得软塌塌的芦笋，也混在那些鱼的内脏里。她换上拖鞋，拿起放在门边还在滴水的雨伞放进卫生间，又轻轻把门关了起来。

卫生间是他们两人心照不宣的"私人空间"，姜涛在里面的时间要更多一些。她总会想象姜涛在里面都干些什么，有时候她站在门外听，里面一直是断断续续的视频。她知道他其实就坐在马桶盖上，根本没有上厕所，但每次出来前，他还是会象征性地冲水和洗手。

她把雨伞倒挂在淋浴喷头上滴水。门外传来了游戏直播的声音，她松了一口气。她曾经会因为姜涛从不问她去了哪，和谁在一起种种细节问题而生气。

之前，有一次她和同事加班到十一点，她给姜涛发信息说晚点回来，等加完班，她再看信息，姜涛只说了一句"好的"，没有任何追问。

"你为什么从不问我没回你消息的时候，和谁在一起？"她回到家就突然发起火来。

"那是你的自由。"姜涛说这话的时候听起来很冷漠，但他很平静，话里没有一点带刺的意思。

她想，他的潜台词肯定是如果他在外面玩到这么晚，也希望我不要问他和谁在一起。

"如果是我，我一定会问得清清楚楚。"在她看来，这些问题体现出一种深层的关心和被需要。

后来为了让他嫉妒，她偶尔在不经意间透露她和异性之间的约会，姜涛也会很配合地说："你们异性之间最好不要单独见面，尤其你还结婚了，别人会怎么想你？"

但实际上姜涛也没有真的在意，姜涛对她绝不会离开的这种安全感，常常让她觉得是一种蔑视，一种"谅她也掀不起什么风浪"的感觉。

但这次和工藤的相遇，她只字未提。她顿然明白真正的秘密都是被藏起来的。如果别人知道这个秘密，好像就会亵渎她浓烈的情感，让这段经历坍塌。

过去她的世界里一直非黑即白，就像围棋盘上的棋子，只有两种颜色，有明显的分界，好对应着坏，善对应着恶，没有中间的灰色地带，更不知道关系中还有爱与不爱互相交织的部分，喜欢和厌恶有时也可以是同一种东西。

念初中的时候，她经历了一段"失恋"。对方在念高中，闹分手的过渡阶段，和她成了朋友，两人一起吃饭，周末还一起看电影。就在她沉浸在此种"恋爱"状态中时，正牌女朋友回来了。

他无法安置她，给她写了一封离别信，信里除了不舍和告别，还有对她的批判："你的世界太极端了，你老执着于对和错，等你再经历几年，你就会知道事情不总是可以分得那么开的。或许那一天来的时候，我们能做朋友，变成一种超越恋人的存在。"

二十多年过去了，她居然每一个字都记得，就像刻在她心里的石头上一样，不管经过多少风吹日晒，她依旧不知道那个中间地带长什么样子。可是今天，她似乎体会到了那种滋味，就像夏娃在伊甸园树下掰下来的那个苹果，那一连串的动作和感受，不正是灰色的更有意味的地带吗？品尝禁果的体验，让夏娃是不是有了获得一次新生般的感受？

现在，她不打算再往前一步，因为工藤也没有对她有任何再进一步的暗示。

她与工藤的相遇，是因为工藤在他们出版社出了一本新书。那段时间，他们出版社一直在筹划一个关于日本当代作家系列的丛书，需要在北京线下的几个书店做共读活动，其中就有工藤获直木奖的《夜下风铃》。

那天是周六，其他同事有工作安排，社里问她能不能去皇冠假日酒店帮忙接工藤和日语译者。她反复在微信群里确认是不是只需要叫一个专车，把两位老师接上送到书店即可，她全程不用说话。同事给她肯定的答复，又发来一张工藤的照片和简介，叮嘱她千万不要认错了人。

她换上前一天搭在客厅椅背上的衬衣，出门才看见右边的袖口被洒了大片咖啡渍。那段时间，她找到什么衣服就穿什么衣服出门，他们家早上拉着窗帘，因为姜涛刚入睡，屋子里黑乎乎的，什么也看不清楚。

衣柜正好在他睡的那头，每天早上起来她需要在黑暗中摸索到他那边去找衣服，有几次还错拿了他的 T 恤衫。有时候她会在微弱的光线中，看到他的双脚悬挂在床外面。他们曾经希望房东把床从一米八换成两米，这样他会睡得舒服一些。

姜涛失业后，他们不再提此事，生怕房东用这个当借口涨租。

就这样，傍晚回来的时候，进到卧室，她又会在相同的角度，只是在不同的光线下，看到那双脚，一动不动地挂在外面，既没有多出一部分，也没有缩回去一部分。客厅的灯光总会均匀地晒在他脚心的位置。

姜涛自从被公司辞退后，就再也没有工作过。他晚上打游戏，早上八九点才开始睡觉，常常夜里十点过才醒来。醒来时，就到了她该上床睡觉的时间。虚掩着的门缝透进客厅淡黄色的灯光，伴随而来的还有肉进油锅刺啦刺啦的响声，她会等他把饭菜端上桌，手机里传来看游戏直播的声音才转身睡去。

"对生活不要有太多要求。"可是她这样对自己说的时候，又觉得心有不甘。这一切和她想象的生活太大相径庭了。

"你要做的，不是等客户说要什么，而是告诉他们该拥有什么。"

听姜涛说这些让人不感兴趣的话题时，她容易走神，脑子里想着，如果有一天她真的离开了，他会怎样。

"我没有想过这些问题，不知道你为什么老有这种预设：分手了怎么办？死了怎么办？"他听起来坚定而正确，没有一丝绝望。

可是她也经常会想，如果有一天他离开了她，她的生活会怎样。

他又回到自己刚刚感兴趣的话题："与谁同行，比你要去的远方更加重要。"

起初她以为这些话是从视频号上看来的。后来才知道，他一直在看一本《营销心理学》的书。那本书从多抓鱼上买回来后，侧封上还贴着图书馆分类的编号，像大学生用的课本。一想到那个图书馆永远地失去了这本书，前后的编号再也没有办法连贯地放在一起，她就觉得落寞。

他只翻看了前几章，就扔在了一旁。后来这本书变成了垫高电脑的辅具，上面撒满了零食的细屑还有烟灰，像姜涛失意后，那种长期她不敢对视的灰蒙蒙的眼睛。

那之后，他每天花大量的时间在网上找工作。有天晚上，他让她先睡，他去楼下超市买打火机，结果在超市连接阶梯的地方滑了一跤，摔倒时他还用手撑地，造成桡骨远端骨折，就这样他又在家躺了半年。这半年在家的时间，让他的作息彻底昼夜颠倒，也让她接受了他在家待业的状态。

"直木奖、谷崎润一郎奖。"第一次去接工藤那天，她坐在开往酒店的出租车上，头靠着车窗玻璃，用手上下滑动她可以在网上找到的关于工藤的一切。她回到网页的最上方，看到在他年龄那一栏写着1979年。照片大多是不同时间在他家书柜前拍摄的。她从书的封皮上认出他在中国最畅销的那几本小说，前面还有其他语言的书，她能认出韩语还有阿拉伯语的封皮。

那是一个未知的世界，是一个漫无目的没有刻度的标尺，她不知道在那个世界，在那个遥远的岛国，他的名字究竟意味着什么。那是一个让人难以想象世界，她不知道他每天如何度过自己的一天，但她觉得这种想象能使她感到快乐。

　　她想象他在怎样的房间醒来，房间里堆放着什么样的书籍。他收藏着哪些黑胶唱片，她尽量把这些想象和她以前读过的，关于艺术家的生活方式结合起来，在一个空间里搭建出一个实际上她想要生活的世界。

　　"和这样的人生活在一起，应该充满着无尽的希望，夫妻俩同舟共济是多么让人心驰神往的事情。"她不禁在心里感触，能嫁给工藤的女人究竟该是多么的幸福。而她，就没有那么幸运了，她的生活一潭死水不说，别说同舟共济，她跟丈夫彼此都在划着自己的摇摇欲坠的船，寻找各自的出路，就像她在日记里无数次写下的那样。

　　远远的一男一女站在酒店的旋转门旁抽着烟，男的要比女的高出不少，在他旁边，那个女人像只小鸟，那种脖颈带着白色珠纹灰秃秃的鸟。就在她不确定是不是他们的时候，她看见了旁边的女人背着他们出版社做的帆布袋。

　　靠近时，她发现工藤先生实际上比照片上还要高大魁梧，看起来不像一个作家。不知怎的，男作家总给她一种弱不禁风、阴郁的印象，但是工藤的气质完全不同，他高大挺拔，像一棵树干粗壮的香樟树。

　　她上前简单地用日语说了一句"你好"。她用中文告诉译者，网约车司机提前到了，把车停在了停车场，他们抽完手里的烟可以一起走过去。译者过来跟她握手，工藤把手里的香烟换到另一只手上，也和她握了握手。他的手摸起来冷冰冰的，像被冻住的果冻。

她跟在他们后面，工藤和译者说着简短的句式，其间他们还大笑了一次。她知道他们没有聊到自己，因为他们一次都没有回头看过她，或是企图把她囊括进他们的交谈之中。

她加快步伐与他们并排走，情急之中，她把工藤的名字用日语念了一遍。工藤没有反应过来她在说什么，但他停住了，回过头礼貌地点了点头。她意识到他根本没听懂她在说什么，便掏出手机把词典的播放功能打开，将手机举到他的耳边播放，又示意他，她刚刚叫的是他的名字。他依然像刚才那样，用简短的句式回应她。译者说，他问你叫什么名字？

他带着疑问试探的口气，重复了一遍那个名字。带着日语口音的发音，在她听来完全是另一个名字，她点了点头，用日语说了一句，"是"。

他们很自然地钻进了车的后排，好像俩人都默认，她应该坐在副驾的位置。

系上安全带后，她才发现商务车副驾的座位被调得十分靠前，工藤坐在她的正后方。她不好意思问他能不能把腿往里收一收。她一直挺立着身子，膝盖的位置触到副驾前面存放物品的箱子，尤其是堵车途中好几次急刹车，她感觉整个人都要撞出前面的安全气囊了。

工藤察觉到她一直保持着一种奇怪的坐姿，直到他拍了拍她的椅背，她才发现他其实会说英文。他用英语告诉她不好意思一直没有注意到，她可以把位置往后挪。

周六的下午就已经开始堵车了，尤其是去国贸那一段路，在手机地图上一直都是红的。她庆幸自己今天告诉他们的集合时间，比书店建议他们的要早半小时。她习惯提前做规划，按部就班的生活让她感到安心。

工藤发现她会说英文之后，便和她攀谈了起来。问她有没有去过日本。

她说去过，在说京都（Kyoto）的英文的时候，她差点说成了东京（Tokyo），这两个发音听起来太接近了，她一直弄不清。

一般往往在礼貌性地问完关于旅游、血型这类简单了解对方的问题后，话题就会终止。这些问题的答案没有意义，只是让问问题的那个人显得友好，制造想了解陌生人的假象。

就在她以为车内又将迎来寂静的时候，工藤问她是否写作？

"我在尝试写一些东西。"她的心怦怦地跳着，她知道工藤不可能听出来这是一个谎言。译者也不认识她，更不可能将她拆穿。这就是陌生人的魅力，她想，在他们面前你可以成为任何人。当然你也可以把陌生人想象成任何人。

"写一些什么类型的东西呢？"工藤试图问得更具体。

"我在写一些故事，就是文学那种类型的。"她不知道国外有没有"严肃文学"这种说法。她试图举例，但她害怕让人听起来，她在将自己的创作等同于某个作家。

"我还不是真正的作家，我在试图写人的境遇、情感之类的东西。"她第一次意识到"写作"的范畴很宽，不单单指她一直理解的写小说，还可以指报道、非虚构或是儿童文学，这让她觉得文学不是清澈的河流，而是充满暗物质的海洋。

为了让工藤不将她联想成整天只写言情小说的那类作者，她说："我经常看村上春树。"她在说这个名字的时候说的是中文，希望译者能给她翻译。司机突然听到了自己能识别的字，而且是这几个中文，让司机肯定了他一直疑惑的问题，这群人是不是真的在聊文学。她感觉到司机用余光惊诧地看了她一眼。

她耐心地等译者给工藤翻译,阳光照射在等待排队上桥的车玻璃上。他们还在桥下,前面的桥上塞满了整齐的车,从下面向上看长长的,像一条银色泛着光的蛇。

他说了一句,他不喜欢,后面跟了一个名字,然后她听到了译者软绵绵的,不同于她说日语时那种铿锵有力的声音:"他说他不喜欢村上春树。"

工藤的声音几乎是在对方翻译完之后又响起的:"我们不认为他是真正的作家,实际上他在日本很孤独,也不太和人交流。"

她不知道他说的"我们"是指谁,以及"孤独"的含义是意味着,村上春树正在日本被孤立吗?这听起来太可笑了。

"我也不那么喜欢他。"她立即改口,为了在工藤那里听起来她品位不差,是"真正能看懂文学的类型",她又说出了川端康成和紫式部的名字。

但这句话似乎为时已晚,在后面的几次交谈中,工藤说他更喜欢村上的短篇小说,好像为了安慰她。

活动海报已经立在了门口。

她来过这家书店几次,对它的印象很不错。在北京的繁华地段,能有一家这样的书店,把文学书放在最让人瞩目的位置，想想都觉得心满意足。

架子上放着才获诺奖的韩国女作家韩江的书，她认出那本绿色的《素食者》，还有《白》，因为这两本也在她的书架上。

她生涩地喊了一声工藤的名字，让他过来看她手里的几本书。工藤又纠正了一次她的发音，她听到后面结尾的那一声，像中文"特"字的音，十分轻盈，就像被前面的那几个字吞了进去。

她又小声地念了一遍他的名字，然后拿起一本递给工藤，就在她觉得工藤似乎看懂了这本书的中文字时，她才恍然发现，书的封皮上正印着韩江头像的速写线条。

工藤说他认识韩江，她获诺奖之前他们就曾一起参加过文学论坛。"她很少说话，"他把那本《素食者》放回书架上，"她对获奖这件事感到很意外。"从他的声音里，她感觉到工藤也觉得这是个意外。

话题到这里就差不多终结了，她能表达的关于文学的专业词汇很少。她想告诉他，中国读者对韩江的评价很两极化。他们甚至觉得金爱烂更有资格获得诺奖，可是她一时在书架上找不到金爱烂的《你的夏天还好吗？》。她没有办法给他拿在手里举例。他看出她有话，但是说不出来，只是一直静静地等着，轻轻地跟在她的后面。

他仔细地打量着书架上放的书，时不时地也会拿出一两本来左右翻看。她发现他抽出来的，都是封面偏鲜艳的那类设计。

好不容易发现了一本带有日本文字的画册。她蹲下去抽出来才发现是一本讲室内装修的书。书的开本太大，她拿着书的左端，工藤拿着书的右端，看起来很像情侣。

书里的照片是时下流行的"日式侘寂风"，颜色大多用柔和的米色、白色还有棕色，那样装修风格的房间透露着一种神圣不可冒犯的尊严。她很想问工藤家里是不是也长这个样，他和妻子是不是就坐在这样宽大的茶几边聊文学？他的生活究竟是怎么样的呢？但她觉得这样的问题太过私人化。

"你的妻子也写作吗？"她小心翼翼地问。

工藤没有抬头，继续翻着书的后面几页。

"她对文学不感兴趣。不像你。"末尾的那个"你"字就像一个厚重的石头扔进了井里，在她心里发出扑通一声。

就在他给出否定答复的瞬间，以及将她们放在一起对比的瞬间，她心里竟然冒出一股难言的胜利，仿佛在精神的层面上，她变成了更亲近他，也更懂他的那个人。

她的心咚咚地跳着。光滑的纸面上沾上了她的指纹，她知道这种画册用的纸叫作哑粉纸，这种纸和常规的铜版纸相似，但是光泽度低，也更加细腻柔和，减少光在书页上的反射。她想，女人和女人之间的区别，也如同这些纸张的区别。

她转头看工藤，他依然在很认真地看着她手里的书，全然没有察觉到她的惊慌。

那本告诉她纸张知识的书是为了凑单买的。当时，她想买几本日本美术史，还有夏目漱石的书。那段时间她在看《草枕》。

在介绍江户时代那一章时，她看到中文里对日语"侘寂"在翻译上有错译，常常将它看作一个词。它们是不同的词。实际上"侘"在日语中是残缺的意思，等同于冷瘦、幼拙，还有幽暗。而"寂"是指在时间的流逝中，逐渐劣化的样子。看到这个解释的时候，她觉得在和姜涛的婚姻里，自己也等同于日语"寂"的状态，即她在这段没有庇护的关系里，在逐渐风干、风化，像个骷髅。

可是夏目漱石的学生，寺田寅彦却将这样的过程和美联系起来。美会从这样的旧物里渗透出来，就像一个布满青苔的石头。石头在风吹日晒中表面生苔，变成绿色，那是时间的美感，从石头内部散发出来的东西，谁也无法逆转和抵挡。

在她看来，婚姻在她的生命中就像化学公式里加速反应的催化物，让她呈倍速凋敝，变得越来越晦暗，而这一点也不美。

可是和工藤一起看书不说话的瞬间，让她似乎明白，幽暗地带比那些能够一眼看穿，立马能够说出的东西更具魅惑。

活动现场，工藤坐在台上面对着正在直播的那几台摄像机，主持人热情地让工藤给中国的观众打招呼。他礼貌地看向译者，译者用日语原封不动地对着话筒说了主持人的意思。他将提前准备好的"大家好，我是工藤"用中文说出来。在活动开始之前，他还跟她一起反复练习了几次。她发现他对自己名字的发音，远比其他任何发音都要标准许多。

一眼看过去，书店里来的大多数是女读者，已经座无虚席。读者在校大学生居多，有两个女学生的帽衫上，用小篆写着"文学院"三个字。

她站在最后面，像是她是这场活动的组织者，刻意将座位留给普通读者。她没想过会来这么多人，许多人手里拿着他的中译本，有几本她认出是他得三岛由纪夫奖的那本《凝视》，深蓝色的精装本，封面有两个女人在风雪飘飘中前行。她看过网上关于《凝视》的梗概，一本以日本江户时代为背景的小说，讲述两个歌舞伎的故事。

实际上，她更感兴趣的是那本评价不高的处女作《裂唇》。他们说过，要了解一个作家，实际上最应该去读他的处女作，就像纳博科夫的《玛丽》，一个作家对世界和人的看法都在里面。而这次线下的见面，让她更感兴趣《裂唇》里讲的内容——一个九〇年代的男大学生和一个已婚女人的爱情悲剧。

现在她的任务已完成，把作者和译者安全送到书店即可，为了保险起见，她还询问过同事是否需要把他们送回酒店。"对，不需要再做了，让他们自己打车回去就好了。"她去接他们是为了确保活动的正常进行，途中不出差错，现在她可以走了。她有一种失落感。

她迟迟没有离开，一直站在活动现场的最后一排。她感到有一种责任和义务让她必须在这里守着，像支持朋友的新书发布会那样。是的，就像支持朋友那样。她在心里就这样找到了留下来的答案。

实际上，她脑海里浮现的却是工藤日本妻子的模样。她在想，假如在日本，她会不会来参加他的每一场新书发布会，会不会也像自己这样通情达理把位置留给远道而来的读者，那些读者是不是都能认出她，像自己现在这样羡慕着她？

她现在和那个不在场的女人身份的靠近，让她有一种发自内心的清爽的快乐，那是姜涛没有办法带给她的感受。

　　他拿着话筒对着直播镜头，回答对谈嘉宾提出的问题。她站在那儿，最后面不起眼的位置，不确定他是不是越过那几台机器和人头，可以清楚无误地看见自己，可他回答的每一个问题，都像是对着她一个人说的。

　　他跟她正在进行着一场不远不近的深刻交流，行云流水，天高云淡，毫无障碍。他把他的文学理念，创作中的所思所想，用原本的日语换成了英语。为了与她有更直接的对话，他更多的时候用了英语。

　　他的声音里的每一个字符如同微波涟漪在轻风中起伏。为此，她刻意在中场休息的时候换过一次位置。她换到了活动现场斜后方书柜的旁边，前面正好有一个背着双肩包的中学生，若有似无地遮挡了她。很明显，这个学生是来书店买书听到这边活动的声音才过来看看的，不然他不会一直用双手托着他双肩包的肩带，像是随时要离开的样子。

　　这时候，她看到他的眼睛一直在场内寻找，脸上掠过一丝不易觉察的失落，他微微侧过头终于看到她的时候，眼睛突然放出光来。她朝外移了一点点，好错开那个遮挡自己的中学生。他的声音又如先前那样平缓温和，她能清楚地看到他眼睛里投射出来的，某种只为自己闪动的光。她非常确信，不论这一天他的活动进行到多晚，有多少人来排队等他签售，他都希望结束之后，在旁边等待的人是她而不是别人。无论出于怎样的原因，只要她在这里他就会感到安心。

她不知道这种确信的默契来自哪里，直到主持人说现场开放最后一个问题时，他将目光一直停留在她举起的手。那是一种似曾相识的等待，一个长久的邂逅。

主持人让观众将话筒传给她。等话筒传到中间观众的时候，她就后悔了。前面的中学生没有走，接过话筒直接递给了她。她看见了他温和的眼睛里的迷茫，他在等待着她，让两个人的声音隔空相碰。

"我想问工藤先生，会把自己的故事作为小说的素材吗？比如自己亲身经历的事？"她的心又咚咚地跳起来，她拿不准，是因为她终于有机会一字不差地讲出过去一个小时内一直在思考的问题，还是因为她基本没做过这种现场举手发言的事情。

他轻轻地笑了。她百分之百地确定，那是一种察觉到了她对他感兴趣的笑容。

她再一次如愿以偿地见到了工藤，两个在异国的人又聚在了一起。她没有想过他们的相见会那么快，距离上一次见面已经过去了一年。这一年发生了许许多多的事情，她怀疑工藤是否能察觉出她比上次见经历了更多，是否知道这段时间她一直在想他。而想他这件事帮她克服了许许多多的困难，她不知道他是否明白。

工藤又出现在了她的面前，坐在她的正对面。那种感觉好像就是希腊神话中的人物从书里直接走了出来。一个朝思暮想的人朝她走了过来。这种感觉虽然美好，但她几乎又觉得有点失落，想象和期待它，好像比实现它要更美好。

她不断告诉自己应该为能和他共进晚餐感到幸运，如果他们生活在同一个国家，说着同一种语言，像工藤这样重量级的大作家，根本不会抽出时间单独见她。她谁也不是，一个在北京漂泊，寂寂无名的文学爱好者，可以想见，每天他们都会面对无数这样的人。就像一个常年坐诊的医生，对病人的来访显出的疲态。

要不是他在这个国家几乎没有什么朋友，他看都不会看我一眼。她想到这儿的时候，脑海中立刻出现的竟然不是自己，反而是工藤在这个国家的境遇：他正像一艘木船，在黄昏时分漂向一座被雾气笼罩的孤岛，而那时她正好站在岸边。

前几天，当她意识到和工藤的见面没有主题，仅仅是为了见面而见面时，她心脏的某个部分就动了一下。她又想起那天晚上的经过，许多细节已经变得模糊，她甚至不确定是她先主动伸的手还是他？但出于对自己的了解，她知道她绝不可能这么做，她从没有这样大胆过。

她为今晚的约会已经准备好几天了。半个月前，工藤在微信上说自己受到人民大学的邀请，会来北京出席学术论坛。结束后，不知可否一起吃晚饭。在那条短信的末尾，他还附上了一句："想念你。"这是原话。因为这几个字，她的心咚咚地跳了好几天。她一下子分不清这句话是出于礼貌说出来的，还是出于他无法压抑住内心的期待才说出口的。他打下这几个字时，是否希望她在手机的这头，感知到一种暧昧情绪的蔓延？他是不是在过去的一年里也逐渐发现她是那样地让人难以忘记，正因为他对她知之甚少，所以她是一个他从未有过的完美的被幻想的对象？

直到某个晚上，她又决定把这样突兀的一句话，当成外国人之间礼节性的寒暄。那句话什么也不是，他没有任何暗示的意思，她不止一次这样告诉自己。尽管如此，那句"想念你"依然在关上卧室灯后，随着透过窗帘缝隙的月光打在她的心上，久久地萦绕。

她提醒自己不要在吃饭的时候对工藤说的那些话笑得太过头，有时候女人开怀大笑的样子会让人觉得狰狞。她的确试图在讨好工藤，她毫不避讳这一点。从餐厅的选址，她的穿着打扮，在这里的苦等已说明一切。她十分希望工藤主动提起那个小小的"失误"，道歉或是笑谈似的聊起，都可以接受和理解，但是她也做好了他会当这一切都没有发生的准备。

他们已经亲近过了，这一点是无法改变的事实。他们有深层的链接。如果他一旦聊起这些，她会告诉他目前她正在经历的事情。她知道工藤能够懂得她，不会轻易看轻她的窘迫和痛苦。

餐厅在二楼，正对亮马河。北京最冷时亮马河会结上厚厚的一层冰。去年冬天，姜涛短暂地找到过一次工作，在一家白酒的经销商那里做新媒体宣传，那个周末为了庆祝，他带她来亮马河坐冰车。

脱下手套，脸早已冻得通红的她接过姜涛递给她租来的冰刀，他坐在冰车的后座上教她如何在冰面上加速、刹车和转弯。她对此一点兴趣都没有，直到他们的冰车，在一个冰钓的男子面前停了下来。

那是她第一次见冰钓。在冰面上凿出细长的冰洞，旁边放着冰钻，以及用来清理碎屑的捞冰勺，桶里放着钓上来的几条鲫鱼。夕阳映在银色的冰桶上，此时一切空灵寂静如冰，他们清楚地听到某一处的树枝断了，砸在了冰上。惊诧之时又听到几声类似于"咔咔"那样清脆的响声，她看到裂缝的纹路在冰面上蔓延，声音短促而有力，在寂静的冰面上传得越来越远。

她被眼前的景象惊呆了，她拉起他的手，把他的手紧紧地拽住放在胸口的位置，纵身一跃。冰裂，同样是奇迹。她总是会为生活中这种新鲜刺激的发现感到快乐和兴奋。不是因为他，她绝对不会去探索这个城市的任何一个地方。她把这些生命体验和他紧紧地联系在了一起，她第一次在和姜涛的婚姻中感觉到一种由衷的快乐。她不知道这种快乐是和眼前的景象相关，还是因为姜涛又找到工作这件事让她心里突然卸下重担。生活就要驶向更好的那边。她觉得两者都有，"终于可以畅快地大口地呼吸"，她反复在心里说。

就在那不久后的某一天，她帮他洗球服时，发现他球包里有一个彩色外包装的避孕套，他们家用的是另一个包装的，黄色的封底上有飘浮的白色羽毛。而她手里这个彩虹图案，此刻就像在她脑子里流过的一条陌生且鲜艳的河流，伴随低沉的嗡嗡声。脑海中跳过千万种可能，她尽量不去想最坏的结果。

她颤抖地拿起自己的手机，打开淘宝账号，查找购买记录。家里的一切生活采买都是通过她的账号，水电费、生活费由她统一支出。她在那个小小的搜索框里打下关键词"避孕套"，这三个字此刻是那么陌生，就像她小学时，第一次见着有男同学拿着那个东西，在她面前吹起鼓鼓的气球，然后突然在空中拍向她这边那样，弄得她心惊肉跳。搜索记录指向最坏的结果，和她想的一样，那个彩色包装的避孕套，她不认识，也从来没买过。

现在，亮马河在她面前看起来深邃无比，黑色的水草早已布满了流动的水域，跟那时候白茫茫透彻的冰面，形成了鲜明的对比。

她憋了一肚子的话，她很想告诉工藤就是在那段日子里，想念工藤变成了她巨大的精神支柱。如果没有遇见他，没有和他的那次拉手，他的那些书，她不知道怎么挨过那些难眠的夜晚。也正是那些日子，他教会她知道，不问本身比问更好，那样的幽暗地带，是对自我的一种保护。最终她也没有说出那些在她心里已经彩排过千百遍的话。

他的书给了她很多的力量。"很多时候，你要知道，不幸本身就是一种天赋。"工藤在一篇关于佛像的小说里说过这句话。那篇小说里还谈到她看不懂的一个词，中文翻译过来是"羯磨"。她专门上网查过，这个词来自梵语，意思是人们的行为会产生看不见的力量，这种力量会在今生或者来世影响自身。比如一个人如果做了很多善事，就会积累善业，带来好的结果，反之，做坏事就会积累恶业。每每想到人还有前一世，或者下一世，她就会微微发颤。她想问他，他真的相信世界是这样运行的吗？

"上次见面的时候……"她顿了顿，好像在给他时间回想。他们那次见面时间很长，其间发生了许多他可能不太能想起的细节，比如说那次牵手，比如说那个问题。

她装作不经意间问起这个问题，眼睛却一直注视着他，不想放过他对这个场景回忆时，任何感情上的暗流涌动。"我问你的那个问题，你还没有回答我，你会把自己的故事作为小说的素材吗？比如自己亲身经历的事？"

"你希望我写进去吗？"他说。

"你写的《裂唇》是你经历过的事情吗？"她依然死死地盯着他。她忽然发现，他的耳垂正中央有一颗明显的痣，不仔细看还以为是一枚黑色的朋克耳钉。

他突然被她问问题时十分执着的样子逗笑了。在不同场合，他都被人问过这样的问题，所以她也问这个问题的时候，他笑了起来，不敢相信她也会问。

"你有过婚外恋吗？"她问出了这个在她心里盘桓了近乎一年的问题。哪怕她其实几乎确定，他绝对有过，而且还不止一次。但问出这个问题对她此刻来说远比答案重要。

好几个晚上，她都在重复着同一个动作。她在黑暗中坐起身，下床，披上外套，将每个动作拆解，保持五秒来倾听姜涛是否注意到她的起身和靠近。为了不发出任何声音，她光着脚，踮起脚尖在冰凉的木地板上，试图绕过床尾来到他的床头，寻找他放在一旁充电的手机。

时间久了，她发现脚跟走路的声音，远比脚尖走路所发出的声音要小得多，且稳得多。她还发现了一些平时没有注意到的地方：靠近衣柜附近的木地板下面不平整，有的地方还凸了起来，站在上面时，会发出吱吱嘎嘎的声音。

撤退的时候更容易，关上房门听不见他呼噜声时，心都要从嗓子里跳出来了。因为颤抖，她几乎站不稳，只能蹲在卫生间快速地在他的手机上输入早已烂熟于心的密码。真真切切地感觉到冰凉的指尖触碰到屏幕的时候，更多的是皮肤的痛感。那时候，不知为什么，工藤的名字、他的样貌就会出现，穿过层层叠叠的荆棘来抚慰她，拥抱着她。那个大手一直放在她的背部，正对着心脏的位置。好像在轻声告诉她，没关系，我也在这里。

她觉得可笑。不知道在另一个平行空间里，那个女人是不是也和姜涛进行过这样的对话，姜涛是不是也会形容她是一个有点脾气，但绝不会背叛他的好妻子。

工藤一点一点地分割着盘里的牛排，不敢相信她是认真地在思索这样的问题，即使这样，他还是不紧不慢地说道："当然。但她是一个好妻子，我爱她。"

哪怕知道答案，但当他毫不避讳地说出来的时候，她还是感到一阵失落，居然会听到他亲口说出这样的话。

"我看过一篇有意思的文章，"他继续说，他把牛排一点点切成相等的大小，放在了盘子边缘，又开始切胡萝卜和芦笋，"婚外恋平均十八个月之内就会结束，然后大部分的人会回归自己的家庭。"

看她没有说话，也没有要回应的意思。他却突然看着她的眼睛说："我爱她，但是不能和她在一起生活，你能理解

123

那种感受吗？"

她身体震了一下，好像整场交谈最重要的就是为了让他能对她说出这句话，之前的一切都是铺垫。

她还是没有说话，微微地点了点头。

你爱一个人，但是却不能和她一起生活，一起相濡以沫。她过去不理解，但是现在理解了。就像她现在心里也多装了一个人，这和姜涛在一起并不冲突。好像她有了两个世界。就像姜涛一样，他也有两个世界，这两个世界一点也不冲突。而她知道这一切真的都不是借口。

后来他说了一些妻子的故事，还说自己两岁的时候，父亲便过世了。

"我对他没有什么记忆。后来我妈妈又找了一个老伴，他在前几个月也过世了。"他说得很平静。她知道他的意思是，这些伴侣不过是一个个经过身边的人，最终最重要的，能够陪伴自己的还是自己罢了。

"后来我妈妈一个人搬去了乡下，住在海边，我妹妹时常过去照看她。"她的脑海里浮现出，离大海不远的菜地里种着一个个硕大的，菜心呼之欲出的生菜。他母亲的一生，仿佛就在他的这句话里短暂地结束了。遇见一些爱过的人，但是他们最终都会消失。这是必定的，不用猜测上天的公或者不公。

她很想说，她的丈夫也在经历着一场婚外恋，还有她。虽然程度和方式不一样，但正是她和那个人的游离和牵扯，拯救了自己此时此刻的婚姻。

"你能接受你的妻子出轨吗？或者你的妻子有过其他男人吗？"说完她觉得自己的话听起来太冒犯，可是已经说出口了。

"我没有想过这个问题，但我假设她有。我不知道。"他招了招手，问服务员能不能再拿一些黑胡椒酱过来，牛排的味道有些淡，"如果她有的话，我会很生气的，所以我宁愿不知道，不去想这个问题。"他苦笑。

她很难理解为什么他会生气，他不是也有过吗？这样的话，不应该是觉得松了一口气，大家彼此扯平了吗？

服务员拿来装黑胡椒酱的瓶子放在他们的正中间，此时那个银色的器皿，像是阿拉丁神灯里的那个壶，像是有什么东西会随时冒出来。此刻什么东西冒出来，横亘在他们中间，她都不会觉得吃惊。

服务员放下瓶子的时候，她看见服务员的手上有好几道鲜红的抓痕，往手臂一些的位置已经结痂。

"你也看到了吧？他的手。"工藤笑眯眯地望着她，好像发现了她看到的秘密，"那人养了一只猫。"

她恍然觉得，即使那只猫咪不在场，但那个修长、锋利的指甲也正在玻璃外面恶狠狠地盯着她。

在等工藤把胡椒酱浇洒在牛排上时，她把手放到了桌子下面。双手交叉的时候摸到自己手指，她想起以前还没结婚的时候，他们会做一个游戏，姜涛一边拉着她的手，一边会用另一只手来抚摸她的手指，时而还会像按摩店里的技师用手夹住她的关节，向外拉伸。然后她会找到某一个空当，试图挣脱他的手，出其不意地去拍打他的脸。

她的胜率几乎是一半，每次能成功逃脱打到姜涛的脸，她都会发出一串银铃般的笑声。当姜涛提出他们互换角色，也给他机会挣脱她的手，打她脸的时候，她坚决拒绝。为什么换了位置，就会受不了了呢？

现在她突然觉得自己的左手前所未有地空空荡荡，她想起那枚象征他们婚姻的金属戒指，坚固，牢靠，那个许久未戴的戒指，放在小小的盒子里落满了灰尘，但那些都不重要。没有任何东西能轻易地改变这一切，就像她所经历目睹的那样。哪怕现在她微微发胖了，那枚戒指戴进去很紧，又有什么关系呢？只要她瘦下来一点，就能重新戴上，那可是她的戒指呀。

　　整个晚餐的过程中，她一直在等工藤问她有没有过婚外恋。她又忽然意识到，工藤其实从不知道她已结婚了，他也从不问她这样的问题，她知道不是因为工藤对她不感兴趣。

　　这些问题重要吗？好像这些问题对现在的她来说一点也不重要了。那个潮湿的、幽暗的灰色地带，正慢慢渗透进她的心里。在那里，她有了自己的一块泛着绿油油的青苔的石头，谁也没有办法挪动，谁也没有办法知道它在哪里，更不会看穿这个石头的内核里面究竟装着什么。

　　这样的感觉真好。

　　她忽然想起工藤刚刚说的那个时间期限，十八个月。她又重新小心翼翼地把手放在桌子底下，静悄悄地倒数着姜涛和那个女人的时间，又数了数她和工藤的时间。

呼　吸

1

打开门以前，她贴在门上听了很久是否有脚步声经过，虽然这么晚了，不会有人出门，但是万一呢？

如果她打开门，她的不安、狼狈、肿胀，都会从这些缝隙里流出来，流进过道里，所有邻居都会看到、摸到、闻到。可是如果不开门，不去清理门口被他撕碎的对联，明天早上大家出门看见，都会好奇他们家昨晚究竟发生了什么可怕的事。

张森是知道她害怕又羞耻于这些事的，这也是在他们结婚后好几年，张森才摸索出的她的软肋。她越怕别人知道，张森的声音就会越大。她会开始哭闹，苦苦哀求让他小声一点，即使发火也小声一点，不要让别人听见，不要让别人知道自己的家长里短，不然相当于在别人面前衣不蔽体。

就像她看见微信视频号里讲的那样，某著名导演夸自己的妻子识大体，她只要没想和自己分开，就会把一切错误归结为自己的淘气，并且从不埋怨，也不指责。她不知道这是不是真的，但是如果一个女人能够做到这样，那她需要花多长的时间去接纳这背后的伤害呢？

最开始她不明白，后来结了婚，慢慢才知道，大多数女人都会对自己家的事情闭口不提，为了维护整个家的体面和自尊，牙齿打掉了要往肚子里咽，不要把自家的事抖出去拿给别人当饭桌上的谈资和笑话。

这些类似于：你知道吗？你难道不知道吗？我听说……就像一个个发射出去的火簇，迅速点燃可以被点燃的物体。大家隔得太近了，一双双瞪大的眼睛，伸得长长的耳朵，都在每一个缝隙里藏着，像蜗牛的触角忽远忽近，探究着别人家门后的那个秘密。

"每个人都会有缺点，要学会看见别人的长处。"她母亲总是这样说。

张森从没有过不清不楚的男女关系，也不把外面的情绪带回家，不向她主动发难，所以他不生气的时候堪称完美。

其实多数时间里先发怒的总是她，她带有女性天生爱抱怨、爱挑刺的特点，让张森在和她的相处中小心翼翼，以退为进，但毕竟这样的生活是不健康的，张森需要发泄出来。如果他不发泄出来会憋出病的，他们的婚姻也会迅速地坏掉。

所以最后张森才没有控制住，才会对她动手，如果她不去惹他，他就不可能这样失控，他从来没有在外面失态过，哪怕对打扫卫生的阿姨、快递员都是客客气气的。除了爱动手之外，他其实做得都挺好的。真的。

再说了，谁家不打架呢？谁家都会打架，男人打女人，女人打男人，还有的是双方互殴。各种各样的情况都有，各种各样的情况都不让人意外，只是没有人提罢了。她这样安慰自己。

家暴只有一次和无数次。她清楚这一点。但这件事不是这么简单。她也有错，这次是她先抱怨他为什么又去打德州扑克打到凌晨四点才回家，是她不停地挨个打他朋友的电话找他回家。他平时上班压力这么大，难道不能和朋友去放松一下吗？他又没有去做任何违法的事情。

"你要知道，你再这样无理取闹会把我逼疯，我一定会把你杀掉。"他大声地威胁她，"这一点你一定要让你父母知道，我警告过你。不要说我没有说过。"

怎么可能？她从不相信他会动手杀了她，就像过去她从不相信他会对她动手一样。如果你爱一个人，怎么会舍得对她动手呢？

后来她也意识到，这件事和爱不爱之间没有冲突。她回忆起冲突过程的时候，让她感觉到心跳加速，好像在观看别人的梦境似的。只是这种乍一看对的逻辑，再细想根本不可理喻。

那为什么她能够坦然地接受这一点呢？她在想是不是因为自己的家庭，生长的环境，从小对她的打骂、暴力，让她麻木，接受了这些事，让她知道这些在亲人、爱人之间是可以被原谅的。伤害就是缝制在爱之中的，不然她没有办法理解为什么明明说的是爱，她却总是这样遍体鳞伤。

她记得父母打斗的场面。那天她背着书包放学回来，他们在她回来之前就已经摔碎好几个碗了。她的出现，并没有让父母之间的互相谩骂与羞辱暂停。然后，她记得她坐在沙发上，母亲突然冲进了厨房，只听见"咚咚咚"的好几声，声音变得越来越清脆，当她进去看的时候，她看到母亲拿着擀面杖，酸汤坛子被一棒一棒地敲碎，里面红色的糟辣椒顺着瓦罐流出来，流到地板上，黏黏糊糊的。

那是母亲最爱吃的奶奶做的酸汤，好像是因为回家过年的事俩人吵起来的吧，敲碎那个就意味着母亲想要和父亲家彻底决裂。母亲说:"我背不动了,你们全都在我的背上,压得我喘不过气。"

她尖叫,大哭,父母让她闭嘴,不许哭,不要影响了他们在这件事上的专注。然后他们又扭打在了一起,爸爸的裤腿上还沾了红色的酸汤,把深蓝色的裤子染成了更深的颜色。接着母亲拿起一把橘黄色手柄的水果刀,刺向正要开门准备离开家的父亲的背部。

她记得那把刀,对那把刀的印象比她父亲背上的那个伤口的样子还要深。

那把水果刀曾放置在煤气灶旁边,因为太过于接近,橘黄色的塑料手柄开始熔化,然后边缘变成了一条黑色的线。发现时已经太晚了,上面有一些熔掉的气泡,像某个人的脸,去戳的时候,却硬硬的,没有办法戳破,或是捏回原来大致的形状了。她曾经还用这把水果刀切苹果时切到过食指,血从手指上顺畅地滑下来,根本看不到伤口的大小,她胆怯地去找父母,希望他们不要生气,她用刀切到了手指。

那天中午,她的父母很温柔,没有对她偷偷用刀的事情进行责备。伤口并不大,用碘伏消毒和进行简单的创可贴包扎后,父母将她抱上了他们的床,她躺在爸爸妈妈中间,她的父母温柔地彼此交谈着,她觉得安稳又舒心。

日子周而复始。父母和好，然后再打起来，她在这样的日子里早已形成习惯，想着总会好的。

事实证明的确是这样，他们依然在一起，没有说过分开。所以她或许天然地认为这件事，这些暴力行为是可以在时间里被原谅和谅解的，每一对夫妻之间都是这样过来的，关起门来，他们每一个人都打架，但日子还是能坚持过下去，只要其中某一个人没有做出什么触及底线、伤天害理的事情，日子就能继续过下去。

2

她遇见他的时候，她刚刚结束了一段九年零两个月的爱情长跑。那年她三十四岁了，正处于晚婚的年龄。

张森就这样出现在了她的世界里，在秋天的一个下午来到了他们家。张森曾是母亲的学生，他前一天来电话问是否可以来家里看望老师。

本来还有一个学生要一起来的，结果那天那个学生的父亲脑梗住院，身边离不开人，所以只有张森来了。

她仍然记得那是个周六，她正好在家。母亲那个中午出乎意料地没有睡午觉，她平时是雷打不动地按时按点上床的。她在卧室穿了又脱，脱了又穿，选来选去终于换上了一条她平日里舍不得穿的山羊绒的灰色连衣裙，还擦了粉底，像是要迎接什么重要的客人。现在家里静悄悄的，父母都退休了，没有人前来打扰，任何一个人的拜访都成为父母一天之中最重要的事。她挺嗤之以鼻的，父母如今对别人这种形式上的看重，显得过分的感恩戴德了。

张森提着一个长方形的矮口花篮进门。他那天穿了一件军绿色的帽衫，双侧有两个格纹的尼龙材质的口袋，里面装着他刚买的一包红塔山和打火机。

"哪里弄来的这么好看的花？"母亲一边领他进门，一边叫她出来跟客人打个招呼。她看见母亲眼睛里亮亮的，不仅仅是因为见到这篮花，应该还因为见到多年未见的，这么高大英俊的张森。

侍弄花篮的时候，她闻到他身上的烟味。她估计是他在楼下抽了一支烟才上来的。他抽烟的位置，是否能正好看到她阳台上放着的那几盆茂盛的天堂鸟？就像她的盛开一样：无人观赏，然后就要枯萎凋谢了。

她从不反感烟味，甚至她喜欢他身上的烟味，越靠近，这种味道就显得越明显，她也能感觉到张森高大宽阔的身体和她靠得更近了。

张森把那株缺水的花束轻轻地取了出来。"花要这样斜着剪一下根才能更好地吸水。"他的表达是那么自然，仿佛他们认识了很久，这些话也像是他精挑细选，知道她的处境，专程来告诉她的。他拿起桌上的剪刀，对着垃圾桶把花的根部剪掉，又把一些枝叶轻轻地撕去。他纤细好看的手指在绿色枝条的衬托下，显得鲜活而充满魅力。

"这是什么花？"

"我手上这个蓝色的大花叫大飞燕。"张森把花束重新小心翼翼地插回花篮的泡沫里，又继续用手指点着每一种花，"这个白色的花是重瓣小手球，紫色的这个叫翠珠。"

她仔细地听着，心里仿佛也有一个花园正在盛开，草地里掩埋着的喷淋系统在枝叶上一点点均匀地挥洒着。阳光普照，树的影子在日照下形成一个个的网，随着阳光的移动，那些影子也在逐渐地消失和坍塌。

是张森的出现解救了她，把她从那段失败的、气喘吁吁、筋疲力尽的九年爱情长跑里拖曳出来，让她在所有的亲友面前又重新抬起了头，就像那株花一样，重新吸收了养分，然后抬起头来，向阳生长着。虽然没有说过，但她始终感激张森这一点，他是如何救自己于水火之中，是他的出现重新点亮了曾经暗淡的一切。

他们结婚后，母亲常说："张森和你爸年轻的时候很像。你爸年轻的时候也对我这么好。"

她没有见过父亲对母亲无微不至的样子，她想象不出父亲会和母亲轻言细语地说着什么话，她没有听过父亲充满任何温情的表达。

"冬天，我的脚容易凉，你爸爸就会把双手搓热了再给我焐脚。"母亲回忆起这些的时候表情平淡，好像每一个阶段的变化都是自然而然的事情。她接着说道："就像张森对你现在这样，给你买花，给你做饭，照顾你。你能想象你爸年轻的时候也做这些的吧？"

不，她想象不到。但她知道她父母是相爱的，这一点毋庸置疑。不然为什么他们打了、闹了这么多年还是在一起生活。打打闹闹，他们一辈子也就这么过来了，他们也还好好的，还有了她这样的一个女儿，共同把她抚养成人。

他们打架的事情家里人都知道，但却没有人出面制止过，说哪怕那么一句。任何人，他们即使目睹了这些事的发生，他们都会选择避而不谈、视而不见，选择当什么事情都没有发生过那样。这毕竟是他们自己家的事。只要他们自己能接受，谁又能说什么？ 包括她自己，作为女儿，她也从未制止过他们之间的争执。

所以她也自然而然地觉得这是每一个人家都在经历的事情，每一段婚姻都是这么过来的，谁家不吵架？没有不吵架不打架的夫妻，只要说有个度，不要下太大的狠手，出了人命，没有做过什么超出底线的事情，有什么是不可以原谅的呢？

她的父母有没有想过他们的女儿也会和他们栽一样的跟头？这是预料之中的事情吗？还是说他们想到了，但是没有说。

3

一般是发生在深夜，凌晨两三点，甚至有时候到凌晨四五点，伴随着巨大的轰隆声，他们家的东西被打碎、踢飞，垃圾桶、椅子都凌乱地倒在地上，碎屑满天飞，她买的菠萝从破碎的塑料盒里滚到地上，里面的液体黏糊糊地滴落在木地板上。她听见她上衣的布料被撕开的声音，很轻，她意识不到衣服究竟从哪里开始裂开了。除了这些撞击声，还有她叫的几声"救命"，好像都被那扇赭红色的大门挡住了。也幸好挡住了。

她记得有一天晚上，在物业群里看到有个业主在十点多时问，有没有人听到一个女的在喊救命？这样的讨论让她有点触目惊心，她在想会不会在某一个晚上，也在某一个群里，有人在讨论他们家的事情。但那天的喊声不是从她家传出来的。那天晚上，他们稀松平常地度过了。

晚饭过后，他们俩就一直趴在客厅的地上，拼上一次全被她倒进垃圾桶的拼图。那一次不同的部件被甩飞，好几片同样的蓝色方块掉进了沙发缝里，之后她捡起来时，隐隐约约看到拼图上出现的图案是一艘木船的前端。

这一次张森还是买来一盒一样的猫咪逛庙会主题的拼图，一共有2000块，比上次的还要大，还要好。

"你把这些带有平整边缘的方块先找出来，我们把这个拼图的轮廓部分先拼好。"张森在拼图堆里一点一点地寻找着，并把他找到的部分递给她。那并不难找，只要找出有一边是平整的即可。

她用手指在这些碎块里拨弄，一点点地找出代表着夜空的深蓝色。天空中展开的烟花部分最难拼，涂了亮粉的烟花挥洒在天空中，星星点点，从不同的方向看，能看到不同的颜色。她负责把相似的颜色归类，放进四个羊毛毡做成的小盒子里。

她趴在地上把没有办法判断的部分，像猫咪脸的不同部位，带有文字的方块通通都分了出来，留给他做判断。在他们的关系里，他们就是这样相处的，好像天生权力就倾斜向他的那边，她也享受这样的主导关系。

他总是能快速、耐心地把缺失的小方块找到。这是她喜欢他的原因之一。很多生活里的琐事，他都能像这样一件一件地解决掉，只是时间的长短问题罢了。每当这个时候，她就会觉得他们的生活充满希望。她喜欢这样和他趴在地上，趴在地上望着他的侧脸，望着他专注的样子。她希望和他就这样一直在一起，不管做什么，在一起才是最重要的。

人说破镜不能重圆，可是他们的感情应该不是一面镜子，不然他们都摔坏好几次了，怎么还在一起呢？他们的感情应该是拼图，摔破了再拼好，用胶水粘起来就行了。那之后，她每次都会想起微信群里那个女人叫救命的声音。

虽然她极力控制自己不要去想，不要做这种错误、无意义的联想，或者心理暗示，但她还是忍不住地想知道，这个女人叫喊的声音是什么样的呢？是不是和她的声音差不多？尖厉？歇斯底里？恐惧？这栋楼不同的房屋的门后，还有多少人正发出这种声音呢？是不是大家都没有说，这种事情其实再正常不过了。

她的声音通常卡在喉咙里，沙哑地、断断续续地往外

冒 —— 他掐住她的脖子，声音窒息在颈部的骨骼里。声音的传播速度在不同的环境下是不同的，水、固体、光、阻力、温度。所有的声音都聚拢来，在耳膜旁一直嗡嗡作响。

她在他的眼睛里看到了冷漠与陌生。他压在她身上一拳一拳地打她的时候，她把他想象成一种动物，感觉他的后背正在长出黑绒毛 —— 是某种兽性把他吞噬了，隔一段时间兽性又会把他吐出来，让他恢复成平时温柔的模样。他会好的。然后，她会继续原谅他的。

他放开了手。离开时，他把赭红色的铁门砰的一声关上了。这声巨响，应该震碎了邻居不敢出来只敢贴在自家门上倾听的耳朵吧。或者大家都在卧室里，根本没有听到她的尖叫和一声声喊出的"救命"。"呱嗒！呱嗒！"两条对联被撕了下来。她站起来，想靠在门上听，但她左边的大腿酸胀，走路的那块肌肉拉扯得说不出的生疼。

她迷迷糊糊醒来时已是凌晨六点，鼻子因为哭过之后两边都堵住了，整晚只能靠嘴呼吸。舌头上的极度干燥让她从湿润的梦中醒来，接着才是身体上的各种不适和酸痛。

从床上坐起来，不去看镜子里，她都知道眼睛肿成什么样了。好在现在还有时间可以在出门前冰敷眼睛，几个小时后，眼睛就能恢复成让人看不出哭过的模样。她不用去检查脸，他打人时从不打脸。想到这儿她还挺庆幸的，至少不会让她出门时被人看出她被打了而感到羞愧难当。

他对她说过，我不是真打你，要真打你，我一脚下去，就能把你踢死。你说对不对？甚至有时候，结束后他都要她承认他没有打过她。

是，是。你只是出于自卫。你只是听不得我的尖叫。你以为我要过来推你，或者抓你的脸，这才把你惹急了的。你已经很克制了。是，是。

窗外没有鸟鸣。干枯的树枝在寒风中晃动着。枯叶挂在树枝上，一阵大风，呼呼地吹过，像是透过窗沿的缝隙都涌了进来。她感觉到有些冷。

4

"他不动手打我的时候，都挺好的。只要不发火，他堪称完美。"

她在饭桌上听到这句话时，几乎都快呛了出来。放下喝汤的碗，她认真地打量着说话的女孩，心里默默地想象她俩之间的相似之处。心理学上有一个词，"低自尊"。她不喜欢这个词，它和不自重、不自爱、卑微、伤痛、缺陷联系在了一起。这些词单一、匮乏，哪里能形容得出她们在爱里经受的折磨，付出以及牺牲，甚至还有可能充斥着某种病态的愉悦感？

斯德哥尔摩综合征不就是形容她们这样无法摆脱困境的人吗？被害者对加害者产生了情感，甚至还帮助加害者的心理现象就是这样产生的。在这些复杂的、出人意料的心理错综之下，她们已经越陷越深，到了无法自拔也无法自知的程度了，只能在这个泥沼里无限盘旋。

有没有一种可能？她就是爱上了这种痛苦本身？她也思考过，甚至还和张森讨论过。

张森说："这么一说，你好像是有点自毁倾向。"

关于自毁倾向，她在微信文章里查过，这不是那么简单的一件事。不是一个人站在楼顶往下俯瞰，他就会有欲望想要往下跳。这不是单单跳或者死亡的问题，这还涉及"飞翔"以及"诱导"甚至"心理暗示"。总之不能一言以蔽之。

她不觉得自己有自毁倾向，也并不迷恋痛苦，她不是斯德哥尔摩综合征患者，张森也不是加害者。他怎么可能是加害者呢？是他把自己从那样的泥潭里拖曳出来，是他在那样的场景下，在大家嘲讽她被抛弃的情况下，娶了她，让一切都平息了下来。所以这样看来她更不是受害者。他们都没有错，他们只是生气了、吵架了罢了。

她又向饭桌上说话的女孩看去，仔仔细细地，从头看到脚，在她的身上寻找着她们之间相似的蛛丝马迹。女孩话语中仍然没有任何感情的流露，她沉浸在自我的表达之中，就像在说别人的故事，明显刚刚那句"他不打我时都挺好的"才是第一句开场白。然后她看见女孩吃饭的碗边有豁口。她对着女孩的碗指了指："给你换个碗吧。"

女孩把手上还没有抽完的烟头架在烟灰缸上，举起来看了看碗边的豁口："不碍事，这么小个地方，换一边吃就行了。不用麻烦。"说完，女孩用右手将左手的翡翠手镯从手臂移动到手腕处，端起茶杯喝了一口，笑着说，"但我有的时候也还手，抓他、挠他、掐他，就是我打不过他罢了。"

不知从什么时候开始，她的微信收藏里总充斥着那些可怕的社会新闻，比如硅谷的高才生如何一拳一拳地打死了他的妻子；那个香港的妻子如何被丈夫杀死分尸；又或者著名的王卫列邮轮杀妻案、杭州来女士失踪案，等等。她发现慢慢地有关的后续报道会逐步减少，然后人们的视线又会被引向其他地方，没有人再关注这个女人是如何被打死的，没有人在意这个女人死前的那几天都在经历什么，以及他们的感情到底是如何进行到这一步的。

　　她已经不再害怕这些社会新闻了，死亡、尸体，好像都不再是简简单单的几个可怕冰冷的字眼。她有时候会在深夜想起这些受害者，她们围绕在她的身边，并与她一起轻轻地啜泣。

　　她渐渐发现，她越痴迷于研究这些新闻，这些新闻就越容易被推送到她的面前，她在网络里的人物画像是怎么样的呢？凶手、中年女性、分尸、作案心理、仇恨，是这样吗？

　　她关注了好几个讲凶杀案的公众号，看文章如何分析作案人的心理，以及施害的过程等等。白天，她沉浸在这些新闻的字里行间，在这些细节描述里寻找她与她们之间的相似之处。只有有类似经历的人，才会追踪这些新闻事件吧。就像只有孩子被拐卖过的家长才真的会付出一生的时间去追踪，让这些人贩子最终受到法律的制裁。

　　她试图想象这些女人在发生那次最终的暴力事件之前经历了什么。是不是和她有着差不多的经历？即使她不相信张森会真的把她怎么样。张森不敢的，他心里还是有数的。

　　饭桌上，女孩在形容这件事的时候，像一个旁观者，丝毫没有愤怒，也没有不甘和委屈。她看见这个女孩白净的双臂，女孩的右手正伸向旋转桌上的一盘菜，她拿起碗里的勺，

147

包房里的主灯正好照在她细嫩的手臂和纤细的手指上，没有一点瘀青的痕迹。应该距离她说的那件事有一段时间了吧，她在想会不会曾经这双手也和她一样的肿胀，她的关节是不是也无法动弹，瘀青在时间里从青色变成乌黑然后转为青黄？

饭桌上的人都没有认真听女孩说话，她们把面前的菜夹到碗里以后，一边吃一边才慢慢吞吞地回应那位女孩："这种男的就应该远离他。"

她认真地盯着女孩看，从手臂看到脸上，没有一点受伤的痕迹。她不敢显出过于专注，让人看出端倪。那一刻，这个女孩像是从她身上分化出来的一个部分，在说她自己的故事。她伸出手停住了旋转桌，帮女孩夹起了一块糖醋排骨放进碗里，然后问："所以最后你离开他了吗？"

"没有呀。"女孩笑盈盈地把两只手合上又摊开，表示自己也很无奈，那串翡翠镯子在手腕上晃动着，泛着淡淡的绿光。

"不离开总有她自己的理由。"

5

暴力。施暴者与受害者。

这不是她第一次有这种经历了。是在小学吧，在那里她第一次经历了人性中最恶毒的部分。三年级的时候，教育局来他们小学进行例行检查，调查老师是否有体罚学生的情况。

那天，她匆匆忙忙地跑下楼准备去做课间操，双脚在长长的楼梯上反复交替着，像个蹦跶着的小鹿。从四楼下到一楼需要六分钟，她跑下去的时候还特意看了一下左手的电子表，他们班的人因为老在课间操时迟到，经常会被留下来罚站。她不想成为那个害大家罚站的原因。

有几个穿着蓝背心的陌生人站在二楼的过道上，他们不像是这里的老师。她看到有几个认识的同学走进了电脑室里。那几个大人向她走了过来，问她愿不愿意做一个调查问卷，只需要十五分钟。虽然是问，但是他们根本没有听她解释，如果不去课间操会被班主任罚站，就把她推进了屋里。

问话开始了。先是几个高年级的同学回答"没有"。所有人都摇摇头，像早就商量好了似的，但就是没和她商量，她是被临时带进去的。

"怎么没有？我们班就有。"

那几个大人看向她，像是终于找到了说真话的那个人，对她十分感兴趣，甚至一个老师对另一个老师说："快拿笔记下来。"

本子被翻开了，那根手指在本子中线部分来回地按压。老师们做好了做记录的准备，就等着她开口了。他们对她说："你站起来说，大胆地说，我们不会告诉你的老师。"

她犹豫又紧张，但她毕竟只是希望老师不要再这样对他们了。

"我们数学老师会拿尺子抽我们的手心，她还打过一个女孩的耳光，没做完习题要去后面罚站，有时候要蹲一节课的马步。"

她发现有同学转过来，惊异地看着她，好像在看清她的脸，记住她的名字，夸奖着她的勇敢。

"继续说下去，具体怎么体罚你们的？"

她发现其他人都没有开口，那个数学老师教的几个高年级的学姐也在这间教室里。

她身边的人都不知道她和张森的这些事，或者他们知道，但却没有说。毕竟这个世界上没有不透风的墙。他们知道后会不会看不起她？可是她才是受害者啊，是这样没错，但是为什么她能容忍一个人三番五次地动手，她的尊严是不是相比某些其他她想要得到的东西更不值一提呢？那些东西究竟是什么呢？换作是别人，她也会这样问吧。但是她安慰自己，对方一定有说不出口的原因。一定是这样。

"做一个类似人物画像的东西，总之把自我试图用言语描绘出来。"心理咨询师建议她把能想到的词都写下来。甚至可能的话，她可以往下推进一步，"尽量去回忆整个事件的发生过程，或者说暴力是如何发生的，然后写下你当时心里的恐惧，还有愤怒。"

心理咨询师姓云，云朵的云。云老师看起来朴素、友善，让人容易接近。

"我应该和你母亲差不多大年纪。"云老师其实比她母亲小了七岁，但是看起来的确和母亲年纪差不多大。最开始她以为云老师的头发真的那么黑，后来几次她发现云老师的发梢都是银白色，才知道她是多么频繁地染发，试图盖住她的衰老。

"我很少告诉别人我的真实年龄，人老了，就让人缺乏信任，觉得你和这个社会脱节了。"但云老师似乎不介意她知道这一点。好像在告诉她，每个人都有想要隐藏的秘密。

她之前接触过好几个心理咨询师，有的问题问得太过咄咄逼人，经常让她重复去描述一些令她痛苦的回忆，仅仅是因为对方不记得或者没有听清楚；有的打扮得太化枝招展，穿着带有明显 Logo 的名牌衣服，让人感到距离感；还有的会不停地检查墙上的挂钟，看看时间超过没有，然后打断她说话，告诉她接下去还有人咨询。最开始她以为真的是这样，后来才发现，只是咨询师严格把控时间罢了，多一分钟都不想在她身上耗时费神。

但是云老师不一样，她的性格真的就像云朵一样，轻轻慢慢的、不疾不徐的，每次咨询都会给她时间慢慢讲完，有的时候甚至时间超过了，也不会打断她。慢慢地，这几年，她对云老师产生了别样的依赖，云老师扮演着她另一个母亲的角色。她不知道云老师是不是刻意这么做，甚至享受着这种来访人对她的依赖和信任。

把她在家庭里受到的暴力写下来。她没有办法做到。之前那一次警察对她的围观，对她造成的伤害，她怎么样也抹不掉。她仍然会在梦中梦见那个辅警和张森一起追着她跑，还对着她喊："你活该被家暴死！"她会在梦里跑得气喘吁吁，发现无处可藏，然后他们追上了她，把她抓了起来，推到地上。她额头的碎发因为和地面摩擦好几下，全部脱落了。最终她会在梦中哭泣着醒来，发现刚刚不过是噩梦一场。

那天晚上来了两名女警，她们把她带到了女厕所里，其中有一位是文职人员，没有穿警服，是便衣。她想让他们换一个人来，她不想一个陌生的女人、一个没有权利围观她伤口的人出现在这里。

两名女警关上门，年纪大一些的女警让她脱下外裤进行检查拍照，那些打量，还有照相机的按键声让她觉得羞耻。她们似乎和她年纪差不了太多，但是她在她们的眼神里没有看到一丝惊恐或者是同情，甚至还有一种习以为常，她的伤口并不算严重，她们见的严重得多的多了去了，她这个算什么，小巫见大巫，夫妻之间的小打小闹罢了。

她甚至觉得自己不该来这个地方，她这么轻的伤，占用了公共资源是另一回事，最重要的是，她为什么要让这群外人参与到她的婚姻中来，为什么要把自己的伤口剥开来给大家看，让人耻笑、指责、唏嘘呢？把这些事讲出来，对她，对她的家庭，对张森都是一种背叛。

6

"这让你想起了什么？让你想起了童年的某段经历？"云老师用引导的手势示意她接着想下去。

"让我想起了母亲和我之间的关系？"她试探性地问道，她在对方一闪而过的目光中捕捉到了这就是对方想听到的答案。

可是真正的答案不是这样的，实际答案要比这个复杂得多，甚至不是那么简单轻易地可以被描述出来的。不仅仅是她和母亲的关系，还有她小时候和同学的关系，和老师的关系，和她家那些盘根错节的亲戚的关系，她和她表哥的那些事，哪一条不是在影响着她呢？

她习惯用笔写下来，手里的汗浸湿了那张白色的纸。她从小就是这样，需要另一只手里攥着一张纸，一边写，一边用另一只手擦，直到那张纸全部湿掉，然后再换一张纸。如果没有纸，她必须每写一会儿，手就要在裤子上来回摩擦，直到干一些了，才能继续握得住笔。

小时候弹钢琴，她手上的汗会留在钢琴的黑键上，每次钢琴老师就会用小方巾擦一擦，然后再让她接着弹。她在钢琴老师的眼睛里看到嫌弃、不满。还有她几乎从不跟人牵手，"湿漉漉""湿答答"，以及那些用来表达恶心的语气词，她都逐渐习惯了，甚至小姨牵她的手的时候，都会在两只手中间隔着一张纸。

她习惯了被嫌弃、看不起。家里人，外面的人都说她脏，问她是不是没有爸爸妈妈管，所以才穿得这么烂？为什么不给你洗脸？为什么你嘴角都起壳发炎了也没有人给你擦擦，带你去看一下？没有任何询问，就擅自拿出自家小孩不要的衣服给她套上，然后把她的衣服扔到地上，缩近鼻子和眼睛的距离，用嫌弃怀疑的口吻问她，你到底有多久没洗澡了？

只有张森从来没有嫌弃过她。张森知道她手心爱出汗，但是从来没有放开过她的手，也没有在裤腿上擦干手上沾满的黏腻的汗渍。有时候她手心里的汗会顺着胳膊淌下去，张森从没有问过她这是为什么？是不是有什么遗传病？别人有没有说过她的手黏黏糊糊的？他让她觉得所有人的手心都是这样流汗的，这是再平常不过的事情了，她不用感到不好意思。

他们刚在一起的时候，张森告诉她，那天陪你去雍和宫，我们敬完香，你在香炉前，突然跪了下来，四方祭拜，那一瞬间，我看着你瘦弱的身体伏在地上，觉得你有很重很重的心事，跟信仰无关，单纯是那些事太重了。我心疼得很，后来跟你坐在石阶上，聊起去西藏的时候，那种感觉更加明显了。当时我心里有个声音告诉自己，不该那么重的，要是我能分担一些就好了。

从那一刻起，她就暗下决心，她要和张森在一起，一辈子都在一起。

紧张的时候手里就会流汗，是从什么时候开始的？是在姥姥姥爷家客厅里焦虑地等待母亲打来电话的时候？还是小时候因为没有家长管，被小混混软禁在空房间里好几个小时的时候？

她忽然想了起来，比以往都要更加明晰，更加愤怒和觉得不可原谅，那个不愿提起的伤痛，那个在家里传开了，但却又没有再继续蔓延给她一个交代，以及没有后续道歉的一次猥亵。就是这些时候吧，手心、手指上的汗多得可以滴下水来。当汗水可以浸湿一张纸时，那个手朝她伸了过来，但她没有办法动弹，躯体僵硬地停留在原地。她表哥却装作从来没有发生过这个事情。

这些不了了之的伤痛都是她一个人在承担，或许就是从那时候开始吧，她学会承担别人犯下的错，学会了及时原谅，学会了不要吭声，像在一个空旷广场里，站在中心的舞者，像个陀螺一样不停地旋转，她只能在那个暴力的中心，一刻不停歇地吸纳一次次力对她进行的捶打，然后继续旋转下去。因为说到底，没有人会站出来帮她的，上学时被霸凌没有人站出来，在家里遇到表哥对她的猥亵，还是没有人站出来，甚至她的父母都一声不吭，让事情就这样过去了。空空荡荡的，一直是她自己啊，站出来说这些事，让她变得像个小丑。

"不被爱和被抛弃"，笔停在了黑色的线条里。这两个词的反义词成了她对爱情和婚姻的向往与要求。但不知怎的，她还是在经历着力的捶打，好像这些事，不论她做什么，都不会真正地离她远去，所以这一切，她想都是她的错，这是她必须得经历的。

她以为自己会在面前的这个本子上写很多很多的词，甚至句子，来描述她这些年的不被理解与压抑，但就是这两个词，是她前半段生命的全部了。是啊，如果她是被爱、被呵护的话，那些事情怎么会发生在她身上呢？为什么没有人站出来为她说话，保护她，反而看着这一切发生的时候无动于衷呢？而且为什么长跑了九年的感情却迎来了背叛？那些付出全都被黑洞吸走了吗？要承认自己不被爱是很难的。所以只要让她感受到被爱的时刻，她便会一股脑地栽进去。所以即使张森会发火又怎么样呢？他毕竟是爱她的，他们这样吵过之后又会和好，他又会起来给她做早饭，又会给她买礼物，又会带她出去旅行。他们又会和好如初，直到下一次事情的发生。

7

事情就像风扬起尘土一样，呼啦啦地，当天下午数学老师就知道了。数学老师姓韩，她以前一直觉得姓韩的人是韩国人，和她小时候看的韩剧里的角色一样，一般都是好人姓韩，然后她第一次知道，坏人也可以姓韩。韩老师一上午都没有出现，下午第二节课时，她来了，新烫了发，应该是前不久刚做的造型，上面还停留着啫喱水凝固的形状。但她看起来憔悴极了，那些头发好像一丛一丛的草堆落在了她的头上。

她拿着三角尺、圆规还有班上的作业本缓慢地走上了讲台。

她叹了一口气，有气无力地把手搭在讲台两边："今天我没有力气讲课，我们上自习。"她只有在非常不高兴的时候，才会说方言，不然平时她都会注意自己的形象和学校对老师们的要求，全讲普通话。

她让数学课代表把她抱进来的作业分发下去，然后从门后边拉出一张椅子，看起来很虚弱，站都站不稳似的。这是每一次她要批评人前所呈现出的模式，虽然微弱但是她在蓄能，好像在续那块血槽，等待着突然爆发。

"我真的没有想到，你们班有的同学会那样形容我。"她没有看任何人，眼光继续落在讲台的粉笔灰上，然后轻轻抬起手，用手指把桌上的灰搓在一起，又用手指揉了揉，把灰揉掉，"我那样对你们，难道不是为了你们好？可是你们班有的同学就是不领情。"数学老师的眼泪掉了下来。

她慢慢趴了下来，侥幸地想或许数学老师只是知道是他们班的同学说的，但不知道具体是谁。可是班上有的同学已经开始回过头用眼睛瞪她了。她摇摇头回应着他们的目光，用口型说："不是我。"

"就这样吧，这节课我们自习。我也太难过了，讲不了课。"她以为这件事就平息了。数学老师不知道到底是谁告发的，他们或许怀疑她，但是也不敢完全确定，这件事虽然这样，但是就这么结束了。

她加速的心跳正在悄悄地放下，她看见韩老师翻开教案，从里面拿出一个作业本，这时她听到了她的名字。

"你把作业拿下去吧。以后我都不敢帮你改作业了，不然我都不知道你要怎么害我。"

这就是噩梦的开始。

东西不翼而飞，先从书本，接着到文具盒里的铅笔、中性笔，还有橡皮，后来慢慢地见她没有反抗，事情开始变得更加严重。板凳上开始出现无数的脚印，她从上面的黑迹上看出有的是男生运动鞋的那种脚印，有的小巧一些，应该是一些女同学的。

她知道，背后的那个施暴者不会让自己的脚印出现在上面的。她目睹过班上的一位女生被折磨，那个女孩没有什么错，不过是有些口吃，以及她的名字，叫谢漫娴，她就成了被攻击的对象：她的名字听起来像癫痫，她是疯子，成绩不好，家里没有人管。这几项符合了一个完美受害人的标签。

常常是下午上课之前的事情，有的时候他们会先到教室，就怂恿其他人对谢漫娴的桌椅踩踏，最开始只是板凳，后面才是桌子。她哭着叫嚷问：谁干的？ 到底谁干的？ 只会带来大家的嘲笑，久而久之，她学会了沉默，才不至于激起这些同学在这件事上的兴趣。

直到他们把目标转移到了她身上，谢漫娴才得到了片刻的喘息。

8

主诉：多处外伤

现病史：5小时前患者被人打伤左顶部，右侧锁骨附近区域，左腰部，双肱骨段区域，双下肢多处疼痛，病程中伴呕吐。

既往史：平时身体健康状况良好。否认结核、传染性肝炎、血吸虫病、伤寒等传染病史。

体格检查：神清，双瞳孔3mm直径，等大等圆，光反射敏感，左侧顶部压痛，左下颌，右侧颧骨部稍瘀肿，颈部活动无疼痛受限，胸廓无挤压痛及压痛，心肺可，腹平软，无压痛反跳痛，肾区叩痛阴性，骨盆挤压分离试验阴性，右侧腕部瘀肿，双侧肱骨区域多处瘀肿，皮肤擦伤，双侧小腿多处瘀肿，压痛，部分皮肤擦伤。

处理：1.CT平扫　头颅＋胸部＋上腹部＋下腹部＋盆腔

2.X线检查　右肩关节＋左肱骨＋右肱骨＋右腕关节＋左胫腓骨＋右胫腓骨

"试图描述一下你当时的感受。"云老师坐在对面的长条沙发上，她的长裙正好盖到脚踝处，紫罗兰色的裙子，上面还有细小白色的碎花。云老师轻轻地拉了一下上身的米色针织衫，肩膀处有两个拱起来的皱褶。估计是云老师晒衣服时衣架凸起的边缘的痕迹吧，风让这些东西变得干燥而明晰，让人一眼就看出来，怎么藏都藏不住。

她会回想起他们吵架的细节，有意思的是，每次她都会感觉到记忆的模糊，到底是因为这件事吵起来的还是因为那件事呢？是我这句话惹怒了他，还是因为那句话触动到了另外的什么。云老师鼓励她去这样回顾，并且让她在事件升级之前就要学会停止。她真的不知道从哪个点能够察觉到事件的转向。

她坐在侧边的单人沙发上。面前的玻璃桌上放着一盒刚开封的抽纸，她抽了两张握在手里，擦了擦手心里的汗。玻璃茶几上还有几个无法擦去的杯底的印记。她注意到面前的水杯换成了一次性的纸杯，下面还有一个用木塞材质做的杯垫。桌上还有好几个颜色大小材质不同的杯垫，有黄色硅胶做的小小花瓣形状的，她上次来的时候就注意到了，这次还新增了两个纹路对称的波希米亚风格的杯垫。

"我想要离开他，我没有办法再忍受这样的生活。我觉得他根本不爱我。"她意识到她说出这样的话是多么无力，因为类似的话，她不止说过一遍。

"你真的想清楚了吗？"云老师拂过左边的刘海，将手靠在膝盖处撑住下巴离她近一些地望着她。

"他又动手了，比前几次都要狠，我只是没有想过他这次会动手打我的头。"她不敢直视云老师的眼睛，"他像这样，一拳一拳地捶打我的头部。"她把两个拳头举起来，试图描述出当时的场景，然后感觉到自己的拳头相比起他的手来说是那么瘦弱，那么小。哪里会是他的对手。

她眼神放空，眼睛一眨不眨地盯着墙上的挂钟："这不是他第一次打我了。但这次他打了我的头，打我的太阳穴，我第一次主观地感觉到他想打死我。"她眼睛依旧没有聚焦，尽量去克制住自己的情绪。说完，她都觉得自己可笑，以前他掐她脖子、踢她大腿的时候不算吗？都是他的反抗和自卫？

"但我还是无法做到离开他。至少现在做不到。我试过。"在说出最后这句话的时候，她的眼泪终于还是流了下来。

"你这几次做得很好，你要学会接纳自己，无论是痛苦、悲伤，还是羞耻。"云老师望着她，好像在等她体会这句话的深意。

"你还在上颂钵课吗？或者做冥想？这对你来说会很有帮助的。"什么形式上的帮助，云老师没有说，锻炼她的忍耐力，抗击打的能力吗？

"从您上次说了之后，我还是每周去　次。"云老师点了点头，给予她肯定，按这样的模式持续下去，但云老师没有说达到什么样的效果之后她就不用再练习了。

"我不敢和任何人说起这些事，这太丢脸，太没骨气了。"她极力克制住眼泪，看着眼前这个其实她并不了解的女人。即便她已经持续一年多坚持每两周来见一次云老师。她甚至没有问过她是不是真有云这个姓氏，但她不用对这种一无所知的关系感到抱歉，因为她们应该这个样子，就像其他的事情一样，应该这个样子。

"感情的事无所谓骨气。"云老师站起来打开窗，让窗子边小小的缝隙里透一点风进来。或许是楼层太高了，北京的风从缝隙里进来的时候有阵阵呼啸声，屋里没贴稳的海报的下面两个角轻轻飘了起来。她坐的位置看不见楼下的位置，只能看到左边对面的大楼里养的绿植，她仿佛听到对面房间里键盘的敲击声以及空调机箱的嗡嗡作响。

云老师关上窗，把海报的角摁压回去粘上："这个下面好像没有胶了。"云老师转过头来笑了笑，"需要一块新的胶团才能重新贴上。"

有的时候，她不知道这些咨询师的话是不是有更深层的意思。但她总会多想，每一句是不是有着某种意味深长的暗示。

9

"我们需要为注意力设置一个锚点，进入平静而专注的状态，而呼吸就是最重要的锚点。我们不需要刻意去找寻它。它无时无刻不在伴随着我们。你可以去感受呼吸的节奏，气息流动的过程。每一次吸气和呼气的不同。感知呼吸给鼻腔温度所带来的变化。观察你的肩膀、胸部或是腹部在呼吸中的上下起伏，不管这些感受是明显的还是细微的。重要的是让自己持续专注在呼吸上。"

"平躺下来，闭上眼睛，放松肩膀。呼吸的第一步是觉察当下，你可以留意一下此时此刻脑海中有哪些想法和念头。我们大脑的想法就像马路上来往的车流，穿行而过。我们需要做的，就是像一个旁观者一样，看着它们来来去去。现在观察一下，我们此刻的心情、情绪，身体又有什么样的感觉，是放松的还是哪里有一些紧绷？同样地，我们只是去看见这些情绪和感受，但不需要改变或者压抑它们。"

她感觉到颂钵课的老师在向她靠近，她手里的那个钵反复地在房间里回响着，她能听到她身体里的骨头和肌肤与这个钵体的共振，尤其是那个钵举在她身体正上方时，她感觉到她口腔的上膛部分也在震动。

　　要去医院的那天早上，她早早地就醒了。那是北京少有的几场连续的鹅毛大雪。雪厚厚的一层铺满了地面，路上狗的粪便在洁白的雪上留下很深的棕黄印记。两只穿着背心的狗和它们的主人一样都瘸着腿。还有那只十二岁后腿高度截瘫的狗，那个独身的女人正把这只刚解完小便的狗抱回她手推的那辆婴儿车内，继续在雪地上缓慢地前行着。

　　站在窗边，她看着这一切。窗户上还贴着过年的窗花，一圈一圈的红色剪纸对称又好看，花瓣中间夹着大大的"福"字。她呆望着冬天里呈现的一切凋零的景象，眼睛的眨动开始变得缓慢，她感受到有一些血脉相通的管道正在关闭，心里的委屈一下子涌了上来。

　　之前她已经为此哭过好几次了。那是他们刚结婚的第二年。她怀了孕，这件事带给两家人的惊喜是不言而喻的，接着就被查出来宫外孕，切掉了一边的输卵管，只剩下了另一边。怀孕的概率少了百分之五十。

　　这对任何没有做过母亲的女人都是痛苦的。休养，辞职，又备孕整整一年，所有该注意的都注意了。但B超查出来未能看到宫腔内有孕囊，提示宫外孕，需要立即进行手术。

之前做的宫外孕保守治疗，这次开窗取胚，但检测出来左侧的输卵管粘连，所以最后只能将双侧输卵管切除，彻底地失去了自然怀孕的希望。并且医院生殖医学的主任说她的身体情况实在不宜再怀孕。

"你已经三十七了，马上三十八。已经属于高龄产妇。你还有巧克力囊肿，两边输卵管都做了切除，宫腔内还有炎症。"

在靠近医院的那段路上，因为人来人往，雪变得肮脏、稀碎而拥挤，人声鼎沸的街道打破了冬日的宁静。她想象着血肉相连的告别，轻轻地摸着自己的小腹，她不知道这样的隆起是不是孩子的一呼一吸。她感觉到她的呼吸和孩子的心跳在逐渐变得同步。然后这个微弱的呼吸就要被拿走了，她就会像一个被取出核的软壳一样，在很快的时间内因缺水而萎缩。

她轻轻地啜泣，告诉那个没有降临，甚至永远没有机会降临，以及不知道将要发生什么的孩子，外面下雪了，这是你看到的第一场大雪，这是北京的大雪啊，孩子，这是妈妈和你共同看到的唯一的一场雪。

灿烂的阳光下，她第一次感受到这种来自光的冰冷、残酷，而不是温暖或者给予人希望的那种感受。向外望去，人来人往，有的患者提着那个带有医院字样的塑料袋，里面和她一样装着她们身体里不能说的秘密。

她看到街边有一家烧饼店，旁边是一间花店，花摆在橱窗边上，好让来往的行人都能看到它们新鲜、茂盛的生命力。老板站在里面，干净利索的短发，她的丈夫正抱着一个装满了水的红桶，用背部顶开店铺的拉门。她用喷壶在桶里装满了水，喷洒着插在花篮里的鲜花。远远地，她认出银莲、大飞燕和蓝星花。真好啊！她认出来，那些花有的曾是张森那天下午带进家里教她辨认过的花，是他风尘仆仆从远处提来的，注入的新鲜。

而花店的旁边，街道的拐角处，虽然狭窄，但她还是看到了，简陋的几个大字——"瑞夫祥寿衣棺材"。那些高高挂起来的黑白色的东西，就像是另一个世界的入口。

她想，小小未成形的孩子应该要用一个小棺材才能装得下吧。这个孩子必须埋在某处，哪怕为了一种仪式感，让她能够每年来祭拜她未出世的孩子，不至于让这个小孩变成没有人在意的孤魂野鬼。话到口边，她的话终于变成了埋怨，继而声音像窝在沙发里慢回弹的海绵，一下全部宣泄出来："你为什么闭口不提我们的孩子？你为什么当他不存在？"说完她站在街边放声大哭，一拳一拳地捶打在他的胳膊上。

她这时候需要的不是答案，所以他只能抱住她。

"你连一次都没有哭过，是不是对你来说这一点也不重要？"

怎么不重要呢？她知道这个孩子对自己、对他来说都是极为重要的。这是他们的第二个孩子，仍然是宫外孕。

这是最后一次了。他们永远不会再有孩子了。她的情况不适合怀孕了，他或许会再有孩子吧，但是她的机会永永远远地失去了。

换上病号服，脱了内衣，她被分配到一间房内等待护士来叫她去手术室。那间房里有刚刚做完手术推进来打点滴的女人。

她转过背，背对着女人，把自己的衣服一件件脱下。好在屋内还有暖气，北京那时候还没有停止供暖。她把衣服一件件地褪下搭在暖气片上，然后换上蓝色条纹的病号服，把褪下来的衣服又整齐地装进她早就备好的布袋里，放在病床旁边的椅子上。

"你这是第一次吧？"女人开口问她。

"第二次了。你呢？"她问。

"我这是第三个孩子了，意外怀孕，不想生了，得拿掉。"女人把一只手枕在脑袋下面。她看起来皮实，恢复得很好，这个手术没有丝毫影响到她，不过是一个小手术。

护士走了进来，拿着手写板，先是进门看了看打点滴女人的状态，又捏了捏她的输液管，用一只手将滴管上端的输液管折叠，直到滴管两层管壁贴紧了，才放开双手，检查液体点滴的下落是否顺利。

护士转过身来，检查她粉色手环上的名字，并从推车里取出写有她名字的药盘，递给她一粒白色的药片，让她吃下。"如果想要呕吐，或者下体有流血反应都是正常现象。"

她手里握着这片圆形的药片，想到真正的告别不是躺上病床的那一刻，而是从这枚药片开始的，吞下去就意味着一切都结束了。之前她一直以为是进了那扇手术的大门，或是进行麻醉的那个锋利的针打进皮肤的那一刻，或是微弱的呼吸声告诉他们她还想再试一试。

可是不是她想的那样，改变就是从那枚药片开始的。

10

她坐在角落里的单人沙发上。以前云老师养的那大盆金钱树占去了大部分空间，让整个房间显得局促，现在树死了，搬出去了，原来那棵树，和这个房间都没有她原来想象的那么大。

"你的语气明显要比之前听起来松快了许多。是发生什么事了吗？"云老师注意到她的头发剪短了，并染成了棕黄色。

"还是上次那个人。我们又见面了。"她长长地舒了一口气，幸好心理咨询师不会做出任何道德审判。再说了，不是因为张森打她，之后才发生这些事的吗？道德也应该有先后顺序吧。

"就是这样，我们又见面了。完全没有想到。"

"然后呢？"云老师好像一点也不意外这件事的发生，就像第一次她说起这件事的时候，云老师就断定过他们不会就这么无声无息地断掉。

"你是猜到了我们可能会再见面对吗？你早就猜到了我会这样做？"她突然觉得面前的这个咨询师突然之间有了性别，甚至话语里还带着谴责她的意味。

"感情总需要找到出口，我不做任何判定。"

她遇见了一个人，或者说她又重新遇见了这个人。

在那次家暴警察介入之后，他们经过了很长一段时间的分居。张森觉得她竟然要把自己往死里逼，虽然报警人是邻居，但是是她最后要和警察交涉，同意去做伤情鉴定的。

"这都是你主观决定的，你就是想要害死我，是吧？"那句"是吧？"，让她一时间无法否认。是啊，她那次伤得太严重了。她的喊声应该是穿透了那扇赭红色的大门。那天应该是晚上八点左右，很多邻居都没有睡。是对门的邻居报的警。

邻居是一对法国夫妻，会说中文。警察来了以后，那个法国女人用中文简单地描述了当时的场景，但避免和她产生任何眼神接触。

她们不算朋友，连熟人都不算。只是刚搬过来的时候，他们送来了自己烘烤的饼干，并用"法国航空"的塑料袋包着。她猜想他们如果不是使馆的人，就是法国航空外派到北京来的高管。后来可能是他们经常听见她家里的打斗声，对他们家敬而远之，再也没有往来过。

她住在使馆区，所以她在的这栋楼里有许许多多来自各个国家的人。有段时间出现了一群德国人，因为中国宝马的总部就在他们这栋楼的前面。有时候她会想，幸好她住在使馆区，不然可能不会有人报警，因为中国人大多不喜欢掺和别人家的家事；有时候，她又觉得他们外国人真是喜欢多管闲事，如果不是因为这次报警，她和张森也不可能分居，闹得里里外外尽人皆知。

在她和张森分居的那段时间里，她和一个叫孟遥的男人保持着若即若离的关系。孟遥是英国人，他妻子是人大附中的那类让人羡慕的北京土著，然后考上了耶鲁的博士，接着也不知为什么就辍学了，博士文凭也没有拿到就回国了。这个妻子轻描淡写地说了一句，"现在这样的生活不适合我"，就能放弃一切回国。她有时候想，挺羡慕他们的任性的，可能只有这类从小养尊处优的人有资格谈喜欢和不喜欢。

她和孟遥谁也不想把这层关系捅破，哪怕他们基本上已经住在一起生活了。直到张森突然回来，说想再给他们的感情一次机会，她就又回到了张森身边。

他们总是这样，给对方无数的最后一次机会，每次都会原谅，然后她和孟遥在某个平常的一天就断掉了联系。她甚至没有拿走自己在孟遥家里挂着的几件衣服，孟遥也没有问过为什么，好像这一切发生得都很自然，又或者他还有别的女人打发时间，她想应该是这样。虽然想到这里，她还是不由自主地难过，但这样的关系理应如此，没有不可替代性，谁都可以，这才是能够维持关系的本质。不用发问，也不用解释。本来他们就是这样的关系，没有任何拉扯，想在一起就在一起，不想在一起就分开。任何一方都可以随时退出或随时加入。

11

事情并不像她想的那么复杂。

孟遥坐在咖啡厅里的中间那张长方形桌旁。他好像已经等待她很久了，他拿着手机在搜索着什么，看样子不像是在打字，而是在浏览什么新闻。他的手滑动得很快，看得出在那大段大段的文字里没有他正在寻找的东西。

她拉开对面的那张椅子，背对着吧台坐了下来。她能感受到背后的凝视和打量，那些服务员，还有那个看起来像是正在交代问题的经理，全都因为她的到来而停止了交谈。她迅速地了解到他或许是这里的常客，他们在她的正后方猜测着两人的关系。或许孟遥每次都会带不同的女人来，她只是其中的一个。

这家咖啡馆就在他们家的楼下。她从来没有进过这里面。这家店为了招揽楼上的顾客，给这个小区的居民打八五折的会员价。

此刻店里没有什么人，工业风格的装修，看起来唐突也不精致，一家卖咖啡的店还做简餐和调酒，酒也应该不怎么样。

　　她想或许他们不应该约在这里见面。倒不是因为这里环境不好，只是这儿离家里太近了，一不小心就会被发现和诟病的。如果碰上什么邻居，大家都会心照不宣地把这些八卦渐渐在各种即时拉的小群里传开。

　　以后不会再来这里了，如果还要见面的话。

　　"你等我很久了吗？"

　　听见她说话，他把手机合上，然后微笑。那种笑容中显示出了他在其间等待的不耐烦，还有点戏谑的意味，像是在问她，你以为呢？

　　她以为他会取下眼镜来看她。但她突然回忆起那是另一个人，那个人是在她生命里存在了九年然后背叛她的人。那个人是她的初恋，他们差点订了婚，那个人曾在她生命里扮演过重要角色，然后他离开了，消失了。她从没有想过这个人会在后面的人生中变得不再重要，那个名字也失去了它原本在她世界里的魔法。生活就是这样，让很多重要的东西变得不再重要。

　　"等了一会儿，我以为我们约的六点半。"他又笑了一下，显然再次见到她这件事，消解了他刚刚等待的烦躁。

　　她又仔细地看了看他，发现他说话的时候，会在结尾处做出一些奇怪甚至夸张的动作，但在低下头的瞬间，她又看到他高耸的鼻梁，蓝色瞳孔的深邃。一个男人年轻时候的模样，往往需要从年少时就认识他，才能够想象得到他原来究竟是什么样子。

孟遥是个例外。你能够想象得到他在大学里可能并不是那么地受欢迎，虽然他的打扮显得很正统，就像电视剧里看到的那些英国绅士，但还是会感觉有哪里不太对劲的地方，比如他的尖头皮鞋，显得过分招摇，但这并不妨碍对他诱惑力的判断，异国风情，陌生，冰冷，迷人的口音。他的这种长相可能只能吸引某一小部分人，比如她。

她突然发现孟遥身上有那个人的影子，那个和她在一起九年的人。但再仔细看看，又觉得不像了，是不是因为他们都是犹太人？

她想，如果是现在这个年龄的她，去处理当年二十几岁的事情，她肯定要游刃有余得多，她肯定更能看清当时的情况，绝不可能把自己置于当年那种尴尬被动的境地。可是那些都过去了，好在那些都过去了。

"如果你想的话，我们也可以用英文交流。"他看了看后面的人，似乎意识到了她在介意后面那群人的看法。毕竟这就在他们住的楼下，这隔得太近了，被发现和被传播只是几分钟内就可以完成的事情。

他越是这么说，她越想表现得他们之间并不存在什么见不得人的事情，纵然有，那也是过去的事情了。现在他们只是在见面，在正常地聊天。他们有一段时间没有见面了。

"你是不是又和他和好了？"孟遥的目光中流露出，好像这是他好几个月以来一直思索的事。

"的确是这样，他回来了。"她没有否认，也没有对这句话感到羞愧，她极力表现出事情不是他所想象的那个样子。

她很想告诉他更多的信息，比如他回来以后，事情没有改变，他还是会动手打她。她甚至想把袖子撸起来给他看看，前几天才发生的一切，那个衣服布料下面所遮蔽的一切——瘀青、抓痕、肿胀、伤口，和一呼一吸就会紧紧压迫得疼的受伤的肋骨。

这些她没有办法告诉父母和朋友的事情，她是可以告诉孟遥的。毕竟他们有过肌肤之亲。她觉得孟遥能够理解她所经历的一切。再说了，孟遥的处境也很相似，即使他没有在肉体上受到伤害，但是这么多年，他妻子所表现出的冷漠，对他和儿子的那种不闻不问，拒绝发生关系时的严厉，让他这些年受的创伤一定不比她少。他们俩没有离婚，但是她却拒绝和他说话，更不用说别的事情了。

"就这么说吧，事情并不像你想的那么好。"最后她克制住了，还是没有说。她想这样的关系，不该将脆弱丑陋的那一面再剥露出来，哪怕它就是近在咫尺的距离，也不该提起，因为这太沉重了。纵然有再多的一地鸡毛，这不是属于这一段关系中的灰尘，就不要再带进来了。

12

碰到他是一个偶然，他们已经很久没有联系了。从张森回来之后，她就把孟遥的微信设置成了仅聊天，不让他看到任何她发的与张森有关的朋友圈。

甚至有一部分时间，她觉得自己打心底里对不起张森，是她把他们的感情撕了一道没有办法缝合的裂缝，但是好在张森看起来一副不知道的样子。她不确定是张森已经知道，但是故意回避了这件事，又或者他的注意力不在她身上，或者更糟糕的是，他赌她没有胆子敢这么做。

但她的确这么做了，他们感情的危机好像第一次来到，是她把这个危险带到他们中间的，如果她珍惜这段婚姻，珍惜这段他们一路走来惺惺相惜的关系的话，她就应该把这些通通无声无息地打扫干净，像从来没有脚印踏过的房间那样。

那天她和张森一起走进单元楼，正好碰见从电梯里面出来的孟遥。她根本没有想到时隔这么久之后，他们还会见面。之前孟遥住在隔壁栋，他们若不是说好见面，能碰见对方的概率太小了。但现在孟遥告诉她，他搬进了这栋楼，那情况就不一样了。

在未来的某一天，孟遥会发现她在说谎，她其实结婚了，而且时间还不算短，她有一个丈夫，而丈夫和她此刻就住在楼下，他们是真真正正的邻居。然后更糟的事情就会出现。她不敢继续往下想，她现在要做的就是结束和他之间的拉扯，或者，找方法继续下去，让张森不可能发现这一切。

张森没有看出她的慌乱，事后也没有问起这个外国人是谁。对张森来说再正常不过了。她性格外向，认识楼里面的邻居，还经常去邻居家里打牌，家里也有一堆和邻居以物易物的家电厨具。所以张森以为这不过是其中的一个，又或者张森根本没有怀疑到这个外国人身上来，一个外国人哪里敢在中国轻易造次呢？

孟遥也没有意识到张森的存在。不知怎的，那个时段同时进楼里的住户很多，所以孟遥甚至没有注意到她和张森是一同进入的大门。这样的场景，她显然是意外又慌乱的，三个人就这样见了面。好在两人彼此都没有发现对方的存在，或者觉得不过是陌生人罢了。他们哪里想得到他们曾经在同一时段拥有同一个女人。

服务员端上了燕麦拿铁，她用小勺轻轻地搅动着。

"那天看见你太匆忙，也太吃惊，都没来得及和你多说会儿话，我急着赶回家，那天有个电话会议。"

孟遥摇了摇头，表示他并不介意："我一开始都没有注意到你，直到你喊我的名字。"那这样说来他更不可能注意到张森。听到这里，她紧张的情绪好不容易松懈了下来。

他的名字孟遥，一听就知道是某一个中国人给他取的，或许是他的第一任女友，或是他的妻子之类的人，这种名字应该是一个女人的审美。好多外国人刻意要用自己的英文姓做他们的名字，还有专门的名字生成软件。有一次她还遇到过一个外国人，他的名字是魏康林，但没有人告诉他这是一个胃药的品牌。就像很多中国人给自己取名 Candy，也没有人会告诉她，这一般是脱衣舞女郎会用到的名字。

"我完全没有想到会在我们这栋楼里遇见你，所以看到你的时候非常惊讶。你不是住在隔壁栋吗？怎么搬到这里来了？"

"隔壁栋租的是一个两室一厅，租金太贵了，朱利安跟他母亲去海淀住了，他在那里上小学。周末我会接他过来一起住。"

朱利安，他的儿子。第一次见到他儿子的时候，她完全改变了对混血的看法。因为这个儿子看起来的确结合了两个种族的特征，但结合得非常奇怪，比如他的眼睛很小，眼距却很近，就好像一张随意在仓促中粘贴就带了出来的贴画，并挂在了墙上。

"你的儿子朱利安怎么样了？"

"他很好，现在周一到周五他就在海淀上学，一个私校。你懂的，北京，小学一年级。"他又点了点头。好像这些词语在他口中被切碎，每一个词都可以单独成为一个意味深长的菜。

她不懂，她没有孩子，身边的朋友也没有孩子有这么大年龄的。

她记得那时候第一次见到朱利安的时候，那个孩子才五岁。那个晚上应该是九月的某一天，初秋的夜晚褪去了白天的燥热，带有寒意的凉风吹拂着裤脚。

那天晚上她和张森刚吵完架，是在外面发生争执的，因为什么事她已经不记得了，她只记得那天的装扮。她穿着白色带着流苏的背心上衣，下面穿着聚酯纤维的铅灰色的长裤，她的裤子上还粘了一个别人吃的口香糖，用纸都没办法弄下来，看起来特别明显。

他们应该是刚看完电影回来，然后就大吵了一架，他推了她一把，碍于在外面，两人都没有动起手来。他叫出了那句让人难以释怀的话："我是不是给你脸了？！"这句话不知怎的，比他骂的更加难听的话要更加刺痛她。而且那还是在外面，这句话引来不少路人转过头来看她，而不是他。他们肯定觉得这样的一个女人到底是怎么能咽下这些话的呢?

她坐在家楼下的长椅那里哭了一会儿，然后去便利店买了一包烟，又回到刚刚待过的长椅上，撕开包装，抽了起来。每次买烟都要买新的打火机，因为她根本不抽烟。她想起家里无数被搁置落灰的打火机，其实都只用过一次。

不知道是在哪里看到的话，说人在伤心难过的时候，之所以会抽烟或者喝酒，甚至自残是因为要重新获取某种掌控感，让这个主体意识到，这些，此刻我经历的痛苦和感受，都是因我而起。

尼古丁像是微弱的酒精，会让她感觉到头脑获得的片刻的镇静和舒缓。她一根接着一根地抽了起来，即使她根本毫无烟瘾。

她的生活是什么时候变成这个样子的？是和他结了婚之后还是什么时候？她没有办法锁定某个时间节点，她甚至没有办法回忆起他们之间的暴力事件是从哪一次开启的，这种暴力的行为是伤害身体在先还是精神在先？后来，她的思绪又飘到了那段九年的恋情里，那是她第一次出国，那个人带她去到自己的家乡西雅图。在公园里，他让她脱掉鞋子，带着她光着脚踩在柔软的泥土上。那些松软潮湿的泥土里藏着一些掉落的树枝，还有一些尖锐的石粒也混杂在土里。她继续往前走，然后她逐渐感觉到脚下的泥土在渐渐变得干燥，然后泥土的触感越变越少，接着是更干燥的物体，是那种云杉，带有菱形截面的针叶落叶。她向更远处看去，在十米外的马路对面，有一片茂密的山毛榉林，兰玲草如地毯般覆盖在地上。

13

有一个小男孩朝她走来，她意识到这是一个外国孩子。当他走近了她，抬起了头，她才发现他是一个混血小孩，眼睛很小，还是棕黄色的，如果不仔细看的话，还是会把他和纯正的中国人混淆起来，或者觉得他是少数民族。

"烟。"小男孩用中文说。她一动不动地坐在那里看着这个小男孩，然后对他吐了一口烟说："对，烟。"

她有点戏谑地看着这个小男孩，如果他主动靠近危险的事情，那就是他在自找麻烦。

小男孩的爸爸提着男孩的书包跟在后面，在她面前停了下来："你自己在这里抽烟？"

她对这种突然闯入的打扰并不介意，也没有对她刚刚对未成年摆出的姿态觉得有任何不妥。她其实希望这个时候能有一个陌生人听她说话，坐下来，听她把刚刚发生的一切说出来，然后乞求对方教她如何离开这段不健康的关系。

她从椅子旁边拿起烟盒问他："你要一根吗？"

爸爸依然微笑着，指了指小孩示意她，自己因为孩子的缘故不能抽烟。她把手上的烟藏在了身后，后来从她背后冒出来的那股烟让小男孩在空气中摆了摆手，打散面前烟雾。

"不好意思，不好意思，我不抽了，不抽了。"她把烟头掐灭，站了起来。

小男孩看起来并不怕她。而且情况正好相反，小男孩对她表示出天然的亲近感，仿佛让男孩的父亲也即刻判断面前的这个女人，对他们的家庭来说是安全的。

她起初感到欣慰，甚至在想是不是这个男孩留意到自己其实是一个喜欢小孩的妈妈，只是她不再会生育罢了，而这不是她自己选择的，是自然决定的。她对孩子表现出的那些恶意，都是出于嫉妒，或是保护自己。她有时在外面吃饭时，会在孩子父母看不到的瞬间，对他们做鬼脸或者吓唬他们，把他们吓哭，让这些父母不得不停止吃饭将孩子抱出去哄。这些孩子，没有一个讲得出为什么，他们只能哭。和她现在的情况一样。

啼哭。从医院出来那一刻开始，从那个漫长的一个月的恢复期，她能够自如地下床了开始，她决定要对所有的孩子都表现出冷漠的样子，她决定不再喜欢小孩，因为她不会生，她不可能喜欢任何人的孩子，除了自己的，她讨厌所有的孩子。

但面前的朱利安不同，朱利安好像对她表示出的恶意不以为意，这让她有些后悔在朱利安这样懂事的孩子面前呈现出一种不屑，对孩子冷漠，充满敌意的模样。

然后，她又似乎恍然大悟地明白了，她不知道眼前的这位孩子的父亲是否常常用这一招来吸引年轻女性。她想起曾经有一个朋友去找另一个朋友借狗，只是因为那个朋友想追求的女孩想养一只巨型贵宾犬。

很多父亲在找女朋友的时候，都会刻意隐瞒自己曾经的婚姻或是小孩。但是眼前的这位男士不同，他一上来就不避讳自己孩子的样子，甚至凸显出父亲的角色，更进一步的是，这个小孩甚至有可能在他无数次的捕猎中扮演着诱饵。只要第一次见面，没有排斥他的小孩，那么后面的事情就会变得顺理成章。

至少，对她来说，对她这样的处境来说，一个单身父亲带着一个小孩，这件事悄悄地打开了她心里的某个地方，让那股暖流顺着淌了进去。他们后面又单独地见了几次面，在张森和她吵架或者不在家的时候，他们就会在附近约会。她会在张森到家或是打电话之前结束一切，然后回到家中当作一切都没有发生。她也可以在每一次和张森发生争吵、发生打斗之后，心情更加平稳地去到孟遥家里，躺在孟遥家的床上。然后她发现孟遥家和他们家是同一个户型，从卧室的窗户看出去，他们的窗户外都正对着同一家私人会所的露台，上面放着好多落了灰堆砌起来的藤椅。孟遥家的楼层很高，看到这些藤椅的时候，它们就像乐高里玩具的部件。

最开始是报复，她在他打自己的时候还不了手，那她就用他最害怕的事情去惩罚他。她可以用出轨、不忠来进行恶毒的报复。后来她发现事情不完全是这样，她发现孟遥和她一样，要的不仅仅是性，还有陪伴和爱。

她发现孟遥和她在同一处境。他只身来到中国，结果被遗弃到了隔壁的这栋楼里。一个人喝酒，一个人吃饭，他妻子对他进行的语言羞辱和精神虐待，等同于她所经历的一切。他们理应惺惺相惜，他们都是可怜人，纵使孟遥不知道她的处境，但这不妨碍她理解两人相似的婚姻关系。

他说他们已经很多年没有发生过性关系了。"她不让，她说她累了。又或者她外面有人，我不知道，也不清楚。"说这些的时候，她能明显感受到他的失落，受伤的自尊，他开始觉得他没有魅力了。可是最后他调整过来了，意识到这并不是他的问题，这是对方的错，虽然他在里面受到了不小的挣扎。她又什么时候能够意识到，对方也有错呢？

"我认识你们那楼的人，哦，不，现在是我们这栋楼的人，一对法国航空的夫妇。"

她惊异地问："你怎么会认识他们？"

"当你有小孩之后，你就会非常容易认识其他小孩的父母，如果他们在一起玩的话，父母之间就会成为朋友。很自然而然的事情呀。"他接着说道，"但是我们还没有熟到邀请对方来家里玩的程度。你也认识他们吗？"

不，我不认识。

她太惊异了，因为这对法国航空的夫妇正是上次报警的邻居。他们还有两个孩子。门对面有很久都没有动静了。她以为他们搬走了。但就在前一天，她看见那家的妻子抱着一个刚出生一个月的女婴出来散步，那个女婴看起来像还没有满月的孩子，而那个法国母亲甚至都没有包好她的额头。现在这个女人生完孩子回来了。现在他们有三个孩子。

14

先是性欲的减退，她尽量让这件事看起来并不那么容易让人发现。

在三十岁之后，她发现自己的月经量开始减少，青少年时期那种喷涌而出的血液，她再也没有体会过了。每次月经来的日子开始缩短，也不再容易让自己变得不堪了 —— 不小心沾在裤子上的血迹、超出卫生巾范围的渲染，这些都没有了。

它逐渐地学会了和自己友善地相处，不制造太多的不适和麻烦。那几日，夜晚躺着的时候，伴着他厚重的呼吸声，她感到自己的子宫正在萎缩，正在变得干涸和枯竭。然而这一切她都没有办法诉说，她感到难以启齿，这些是将她定义为女人的东西。

　　事情虽然比她想象中的发酵得慢，但是张森还是知道了。是不是对面的邻居那对法国夫妇说的呢？是他们主动告诉张森的，还是张森去问的？他们告诉张森的目的是什么呢？他们是怎么攀谈起来的？有没有可能是法国航空的这对夫妻实在看不下去了，找了一个只有张森在家的时刻，把这一切都告诉他？有没有跟张森说，你打得对，她做这种事情，你应该打她？

　　没有必要了，追问下去没有任何意义。事情已经发生了，张森已经知道了。她本以为迎来的又是张森的拳打脚踢，可是他没有，他比任何时候都温和，但是她知道这只是意味着更强的风暴在后面，而不是张森突然意识到他错了。她以前真的以为某一天张森会改过自新，觉得自己这样打她不好，早晚会出问题的，而且如果某次下手重了，她死了，那他岂不是要坐牢？张森一直很平静，像是在酝酿着什么事情。这让她想起小时候父母从不在外面发火，他们在她犯错的时候都会压抑着怒火，然后挤出一个冰冷友善的微笑并说道，"我们回家再说"。

　　"是你的朋友吗？"张森在问这句话的时候，刻意着重了"朋友"两个字，他没有说异性朋友，或是说得更难听一

点 —— 搞破鞋。好像他希望他们的感情就真的仅仅止于朋友关系。

还没等她说话，他又说了："我们出去旅游吧？我们很久都没出去旅游了。去你想去的地方，好不好？"

又是这招，每一次他们的感情快要破裂的时候，他都会提出一起去旅行，去修补这段破碎的婚姻关系。出去旅游，转换心情，最重要的是与他们熟悉的环境产生隔绝，让他们在特定的时间段里只有彼此可以依赖。每次这种方法都能奏效，让他们的感情迅速破冰，重新开始。还有他末尾说的那句："好不好？"每次他问出口的时候，她都感觉到那么庞大的张森已经开始在哀求她了。

他又能有什么错呢？张森没有出轨，没有一事无成，没有干什么伤天害理的事，他只不过是容易冲动，而且她也曾抓伤过他的双手，不是吗？而且经过这件事，张森也受到了他该受到的惩罚。他现在从一个男人变成了一个可怜的男人，他在尽力维护他们的婚姻，在避免谈论他们之间发生过的事，就像她从不谈论他曾对她做过的一切。

她打开床侧边的抽屉，里面放着各种各样的资料夹、票据，如果有人看到这些东西的话，会立即知道她所有的秘密，所有的日期，所有的信息，让她无处可藏。

那个文件夹是黄色的亚光封皮的，上面画着不同的星象。她在上面看到了白羊座、天秤座还有摩羯座的星象，黄粉色的微珠光在灯光下浮动。这个档案袋里装着她所有的医疗票据。她在每一层里贴上了名字，分别是：安定医院、北医六院、中日友好医院、安贞医院、望京中医院。

文件夹没有拿稳，票据从文件夹里掉落出来。呱嗒一下，那些大大小小的纸张、发票一下凌乱地散落了一地，有的还轻飘飘地掉进了桌子、沙发缝里。那些白花花的纸，全部呱嗒地落在地上，厚厚地堆积在一起。她立马蹲下身去捡，好像上面的文字、图像翻了过来，就会被人看到。她得赶紧把这些资料背过去，装进去，整整齐齐地放在文件夹里，只有她才能打开、收集、检索。那一摞关于手术的信息，她单独用了一个麻布袋装起来才放进资料夹中，包得严严实实，如果不一层一层地拆封，根本看不见里面的任何记录。

"重复你在屏幕上看到的话，除此之外什么都不要说，明白了吗？"她点了点头，医生拿过她的检查单勾勾画画。

然后医生把单子递给她，让她坐在对面的椅子上："等待十秒就开始测试。你准备好了就说准备好了。"

"准备好了。"这是最后一项测试了，她想。近红外脑功能成像的检查是否真的可以辅助医生诊断，还有那张心境障碍的问卷，它们真的有效吗？

屏幕上亮起了一些字，最开始她以为屏幕里会出现画，或是形状让她形容出来，但是都没有。就像体检时做的色盲测试一样。

"红绿灯。"屏幕上出现的字停在了那里，她不知道后面会不会出现她不认识，或者不知道读音的字，没办法念出来的话，怎么做测试呢？

"停车场。"屏幕闪了两下。好像因为她声音的颤动而颤动。

"紫色。"

"手指。"

"婴儿。"她说这两个字的时候，心里的某个地方触动了一下。

波谱描述：

额叶的脑血流量明显减弱，积分值很小。任务开始后，波谱迅速上升至高峰，但峰值很低，斜率偏大，重心靠前。波谱达到高峰后缓缓下降，任务结束后形成一条直线。

双侧颞叶的脑血流量尚可，积分值偏大。任务开始后，波谱迅速上升至高峰，斜率大，重心靠前。波谱达到高峰后缓缓下降至基线水平，任务结束后形成一条直线。

临床印象：额叶抑郁状态的可能性大，颞叶波谱基本正常。

思瑞康25，口服，100mg/1次/晚（8p.m.），25mg×20片/盒/6

左洛复，口服，100mg/2次/日（8a.m.-8p.m.），50mg×14片/盒/8

劳拉西泮，口服，0.5mg/1次/日（8a.m.），0.5mg×20片/瓶/1

"等你不舒服的时候，可以附加一片劳拉西泮，不好的话最多吃两片。有患者告诉我，吃了这药之后，会让你感到前所未有的舒服，且注意力集中。"医生在右下角快速地签了自己的名字，然后按动了桌上的键，她听到外面的广播响起："请328号患者到第四诊室就诊。"

15

夜晚回家的路上，她在家楼下见到一只晕厥过去的麻雀。它躺在水里奄奄一息，她看不出它是受伤了，还是撞到了玻璃上给撞晕了。总之它躺在一摊水里。是下雨，还是它身体里流出来的水分呢？

最开始她以为它死了，直到她蹲下身去看的时候发现鸟的脚还在动。碰它小小的身体的时候，她感觉麻雀这颗小小的心脏跳动个不停，而且随着一呼一吸，她和麻雀的呼吸变得同步起来。她先是拿出几张餐巾纸垫在路边的石磴上，然后把这只麻雀放到上面，让纸巾吸干它身上的水。

"我们不能带它回家。"张森似乎在她的眼睛里捕捉到了她的想法，"它万一有病怎么办？即使没病，带回家后，它如果到处飞，家里地上、桌上、床上全是鸟屎，抓都抓不到它，你想过没有？"

"可是放在这里会被流浪猫吃掉，那只小三花你是知道的吧？它们专门抓鸟。"她让张森去家里找出一个外卖的塑料饭盒，她想在里面垫一些纸，把鸟放到更高的地方。

"等它好了，它还能找到回来的路吗？或者飞到我的窗前？"

"你知道吧？麻雀是最笨的鸟，基本上没有记忆，不懂感恩，就更别说懂回来是什么意思了。"张森的口吻冷静又带着某种轻蔑，就好像是在说她一样，打了就忘。

"你放到灯的上面，那里有灯发出的微热的光线。"她帮他扶着下方的椅子，让他能够更稳当地站着把鸟放在猫找不到的高处，那里还能避雨，是最安全的地方。那里光的热度足以把它翅膀上的水分烤干。他们都站在下面往上看，看这个饭盒能保持多久，会不会因为自重太轻被风吹倒。从下面往上看，根本看不见塑料盒里面的麻雀。这样猫也看不到了吧。

她翻来覆去一夜没睡，心里记挂着那只受伤的麻雀，或许它真的能活蹦乱跳起来，就像她小的时候，她母亲总是形容她的眼睛水灵灵的，一眨一眨的，就像麻雀的眼睛，乖巧，可爱。

六点，她看了看表，继续再躺一会儿。迷迷糊糊中她又看了看表，六点三十五分，她一直没有彻底睡着。她打算起来穿上衣服去看看昨天晚上他们救的那只鸟。

张森还在呼呼大睡，每次他在睡觉的时候，她就没办法拉开衣柜找衣服。她不能开灯，也不能拉一点窗帘，这些光线都会让张森从梦里醒来，然后心情烦躁。所以她每个晚上都要提前准备好第二天要穿的衣服。

清晨，没有什么人用电梯。另外两个电梯，一个停在三楼，一个停在了十七楼，只有最右边的那个电梯带着箭头。她看着电子屏上的数字在慢慢变小，电梯在降落，然后叮的一声，停在了她的楼层。

电梯门打开，里面是那个那天她在楼上看到的跛脚的单身女人。女人带着两只跛脚的狗出门。她仔细地盯着这两只狗，发现这两只都不是品种狗，是收养的流浪狗。

两只狗穿着带有反光条纹的胸背，她看到其中的一只狗的胸背的颈围很大，像是穿着其他大型犬的胸背。

她又抬起头来看了看跛脚的女人，女人也笑了，看了看她。她看到这个妇女的脸浮肿得厉害，应该是刚做完什么医美，打完肉毒素造成的？还是昨晚喝水喝多了，属于浮肿体质？直到她看见这个女人的左眼角处的瘀青。

或许是撞到的吧。她想。

"你们家那只在婴儿车里的狗怎么没出来？"跛脚的女人并不惊讶这样的问话，院子里所有人都认识自己，也都听说过她家的事，八卦总是会传很远。

"它刚做完手术，在家休息呢，后腿又骨折了。"

骨折，她听到"骨折"这两个字的时候，不自然地想到是不是和人一样，被打了才会骨折。但是这个女人总是独来独往，应该没有成家，或是即使成了家，也离了，所以才一口气收养了三只狗。人的命运就跟他们养的狗似的，这个女人应该是想给这些可怜的流浪狗一个家。

"年纪太大了，就老骨折，跟人一样。要吃软骨素。"

电梯到了，她撑住电梯门让跛脚的女人先走。她点了点头说了声，谢谢。

她跟在她的后面，看着她的背影，想着到底是狗狗先跛了脚，还是她先跛的脚？还是说她只收养腿脚不便的狗？

物业经理站在门口，看见她们出来拿着对讲机迎了上来，指挥她们往另一个门出去。"前门的玻璃碎了，不方便走了。"经理用身体拦住了她们。

"是有人跳楼了吧？"跛脚的大姐似乎在她的一生中见过太多这样的场面。她一下子就能反应过来究竟是怎么回事，物业经理究竟想要掩盖什么。

女人站在那里望了望，她也随着女人的目光望去。发现年前放到那儿的儿盆顿大的金刚橡皮树正好把现场遮住了。她只看到碎了一地的玻璃碴。

女人并不真的好奇外面发生了什么事。不像她那样。女人转过头，又一瘸一拐地转过身，自顾自地说道："那我今天就去车库里遛狗吧。"

消息在物业群里传得很快：韩国人。三十二岁。早上。从十三楼跳下来。窗子没办法打开，把身体硬塞出去的。下了大决心。心理有问题。四个方位，一定要选择入门处。脸朝下，左臂与身体分离。距离他的身体大约有三米远。

关掉消息，退出群聊。很奇怪，她想不到她是否在楼道里碰见过这个韩国人，或许见过吧。她还想起了前段时间在昌平看到的一棵硕大的橡树，它周围牢牢地围了一圈的金属支撑物，甚至有一部分金属都深深地扎进了那棵树的树干里，树皮露出稚嫩的里肉，颜色慢慢沉淀下来，已经无法恢复成原来的颜色。你能看见时间在伤口上留下的印记，在树上都没有办法抹去。那些三角的支撑杆，都是用来维护这些硕大的橡树的外观的，为了保持它们挺拔的形状。对了，还有昨晚他们救的那只麻雀，它是不是已经飞走了？

她看见餐桌上放的粉色郁金香，还有那瓶未开封的劳拉西泮。她深呼了一口气。她说，呼吸。

A Breath
in
Between

爱 不 逢 人

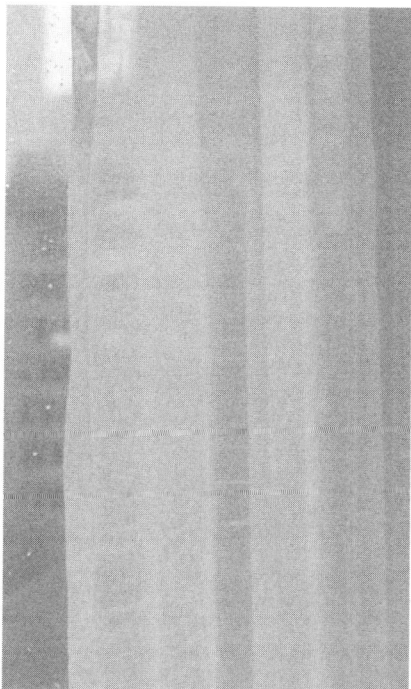

1

他们把一辆白色的破车停在她的书店门口，"爱不逢人"几个字是用黑色车贴贴在车门两边的。乍一看倒是时尚，跟"别吻我""我是猎人"大概是一样的，只不过这些装饰性的字，别人是放在车身后面，以此来提示后车保持安全距离。

她看着他们从车上下来，车门也不关，径直地朝自己的店里走。A19是他们才租下用来做铝合金门窗生意的。A20是她的书屋，正在装修。她也不是单纯要在那儿卖书，重要的是她想收两个孩子来学琴。一个书店和一个铝合金店紧紧挨在一起，看上去很不搭调。之前她并不知道他们会来做这样的生意，都开始装修了，现在后悔也没有办法。

A18是家养生馆，整条街紧靠马路，行道树和人行道上的树篱，完全隔开了这条街上的人流。这附近只有养生馆生意好一些，每天都有人来做小儿推拿。几十个商铺只有七户在开，再往前到公路边上是两家房地产商户。在几乎看不到一个顾客的路上，不知道他们还能坚持多久。

她一直不知道，房地产公司旁边有一家废品收购站，那儿的空地上长满了杂草，不知谁在那儿还挖出巴掌大的地，种上了胡豆和蒜苗。从她站的地方看过去，商铺所在的这条街有点像块荒地，再往前的那片绿化地，树叶发黄，杂草长得很高。

他们从车上拉出铝合金材料，瘦小的身体摆动起来都一个样子。一阵哐啷之后，他们拍拍手上车，一溜烟离开，像是来无影去无踪。她称他们为"ABCD"，因为他们个头不高，每个人都染着不同颜色的头发，发型却是一样，往天上冲，类似早年杀马特的发型，穿着黑衣黑裤，走起路来东摇西摆。他们比她小，都是"九五后"。她无法分辨谁是谁，他们像是同一个人的不同投影。

她隔着一堆杂物明知故问地对养生馆的张丛说："他们要在这里做什么？"

张丛漫不经心地朝房屋另一头看了一眼，那儿的铺面前摆了些铝合金门窗样品。

她继续说："那边也是做铝合金门窗的。他们怎么还敢做，这铺面又不当街，三家都做门窗，何况那两家早就把小区做熟了。"

"谁知道呢，生意各做各，隔行如隔山。这是个新区，能容纳十万人，入住率都有60%了。"张丛听到店里有人在喊自己，话没说完就进去了。

另外一家做门窗生意的女人叫向株，她家在商铺街的尽头。她总是打扮得像吉卜赛姑娘，走起路来裙子鼓成个花骨朵的形状。他们一家人有两处做门窗的摊位，她跟丈夫在A14门面，带着一个刚上学的女儿。叔弟和弟妹在A12，她的婆母跟着叔弟一起。他们这一大家子人包揽了这附近的所有门窗生意。

现在又来了几个小伙子开门窗店，也就是说一排商铺不出100米有三家门窗店、一个养生馆，还有一家她正在装修的书店。他们都不喜欢她，觉得她有点不像做生意的，每天一个人戴着草帽坐在树荫下面打电话。她的男友是在网上认识的云南人，两个人没真正见过面，每天只在微信上视频。他在视频里给她看他做的普洱茶，他说他家有个茶厂。他也喜欢音乐，她就每天加紧练习钢琴，等待遥遥无期的见面。每当想到自己有一天踏上他的土地，看见漫山的茶树，她心里就生出对另一种生活的向往。

2

　　她坐在书屋对面树荫下的石阶上，看见 A 弯腰在往一张白色的小方桌上上漆。之前 B 已经往一块角铁上喷了银色的漆，刺鼻的气味还在空气中游荡，这会儿他又开始使用电锯。哧……呜……声音在空荡荡的店铺前涌来。

　　向株的婆母穿着紫色的金丝绒旗袍走了过来，开衩处有点高，上面露出来的肉色丝袜颜色过浅。阳光下，她身上的金片从领口那儿闪着光，随着脚步忽闪忽闪的，衬出皮肤的苍老和黝黑，两岁的孙子跟在她后面跌跌撞撞地跑。

　　她们互相装作没有看见对方。她转头去看卖彩票的门面，想着那些人也许不需要考虑隔壁有没有刺耳的声音，总会有人走进去买彩票。

　　她开的是书店，需要安静，如果 ABCD 他们每天哧啦哧啦用电锯，不要说想收学生教钢琴，就是书店也开不下去。那天下午视频时，她告诉他隔壁开了铝合金门窗店。

　　他说："我早就叫你不要开书店，网购时代，非常时期，租实体门面必死无疑。"

　　"我总得做点事情养活自己，正因为现在租门面的人少，租金才会便宜，等到门面贵的时候，想租个门面也找不到。"她觉得委屈，在电话里还需要为自己辩解。

他说："你这是突发奇想，开什么店也不能开书店。"

"我没有突发奇想，我喜欢书店的样子。"虽然解释让她疲惫，但是她也没有停止，"我在屋子里摆一架钢琴，就会有学生了。新小区，我考察过了，这里什么店都有，就是没有书店。"

她知道不会有人到店里买书，他们即使想买书，也会在店里拍张照片回家到网上买。可是她就是想开个书店。店面小得只有17平方米，加上门面的公摊面积有23平方米，好在层高非常可观，对她来说已经够了。书柜打满两堵墙，高处到天顶也很壮观。

"怎么取书？顶上的书不卖用来镇宅？"他也顺着她移动的手机镜头往上看去。

她不说话，叫木工师傅按她的要求量了尺寸。他在手机那头跟着她一起计算价钱，以免在最后结算时，别人在面积上多算钱。

"你开店的钱从哪儿来？"他一边问一边在手机上打下他刚在纸上算出来的价格发了过去。

"我跟朋友借了几万。"她低着头不看镜头里的他，忙着扫木工师傅的微信二维码支付尾款。

　　然后他在微信上转了一万给她，说是用来买书顺便给她周转，他没有说还钱的事，她也没说，只在心里想着赚了钱就还给他。

3

　　她不知道他们具体有几个人，有时候是三个，有时候有五六个，ABCD 都一样，反正也分不清谁是谁。他们开始动手打掉铺面里前一租户吊的顶。原来的顶是用黑色的塑钢材料吊的，前租户退租搬走的时候就用拉杆破坏吊顶的形状，有几根塑钢条从天顶上掉下来。他们把拆下来的废料丢到店门外，又拖来钢筋开始在墙上打孔搭架子。她猜测他们大概是要隔出来上面住人，下面用来放货。

　　他们干累了，坐在店门口，面对着店门，脚抬到墙上或柱子上，或仰面朝天或面壁思过。从后面或侧面看，他们一律烫了不同颜色的头发，但他们身上的黑色西装裤都紧紧裹着身体，像是经过同一种训练似的，保持相同姿势的目中无人。他们像是来自另一个世界，只属于他们的世界，周边的人和事都与他们无关，他们像看不见一样。

他们在店门口放了一个自己电焊的铁架子支在墙边，墙上放一张类似要做广告的硬纸板，占用了她铺面墙的位置。她看准了墙那儿有道分割的水泥缝，精确地把两个铺面各自的面积分割开来。他们还没来时，她就想好了，要沿着那条缝的中间位置放上花盆，将两边的店铺与书店自然隔开，尽管另一边A21暂时还没有人来租用。

她不敢直接跟他们说，他们占用了自己的墙面，而是等他们走了，拿一张地上捡来的纸，到隔壁张丛那儿借了笔，留了几句话给他们：我们从这条缝分割。第二天她过来时，他们大概是又走了，墙上的纸板被他们用刀或者切割机裁去一半，铁架子也拖开了一半，上面还留着煮面条时溢出来的汤汁。她才明白那个铁架子不是用来焊接铝合金的，而是用来做饭的，纸板是拿来挡油的。

她站在那儿看得出神时，张丛过来站在她身边说："他们每天都太闹了，切割机哗哗呜呜地响不停。"

她不说话看着张丛，张丛的脸颊至眼睛处有块青乌血紫，眼镜遮挡不到的眼角还破了皮。张丛摘下眼镜笑了一下，抬起另一只手摸了摸脸说："他打的。"

她问："他为什么打你？"

张丛像是又笑了一下："他经常这样。我买了两盆花回家，他骂了我整整一个晚上，因为不说话，他就问我是不是瞧不起他，然后就动手打我。"

她看着她。张丛重新戴上眼镜，眼睛里的光黯淡下去，眼泪流出来，她给了她张纸巾。

"他做什么工作？"

张丛回答他们夫妻都在一家企业，工资太低，还了房贷，剩下的没几个钱也全在他手里握着，就出来开店。

太阳从柱子侧面照过来，张丛的脸一半青一半紫，哭过的痕迹留在脸上。她朝柱子的背阴处移动身子，这样她跟张丛站得更近了，她第一次发现张丛的个子那么矮小，几乎只到自己的肩膀。

"后来呢？"

张丛淡淡地说："后来他就后悔了，打自己，跪地求原谅。"

"每次都这样吗？"

"每次都这样。"张丛平静得像在说别人的故事。

她看看天，太阳被云层挡住了，吹来的风摇晃树枝的声音显得很空旷。

有人带孩子来按摩，她们就分开了。

4

装修师傅正在安装书柜。他们夫妻俩到北京打工，做这行快二十年了，生了四个孩子都是儿子。他们正铆足劲在老家城里买房子。

她跟他们聊天时觉得很羡慕他们，他们肯定不相信，觉得她说的每一句话都不真实。她羡慕有一件扎实的事情做着，有生活可以向往。现在的她就想把书店开好，如愿以偿地招到学生，每天跟他视频，等待特殊的时间过去，他们能真正见面，或许还能在一起生活。至少现在生活中有了另外一种期盼，就像盼着时间和某件事赶快过去。

他们夫妇工作得很默契，男的在板材上突突地钻眼，女的接过来将一块块板子拼接好。然后两个人将拼接好的柜体抬起来，女的扶着，男的用气枪上螺丝固定。他们眼疾手快，不一会儿就支起一个书柜，男的再在墙上打螺丝。她看看地上，电饭锅煮着的饭在往外冒气，板材里的甲醛味渗进了米饭的蒸汽变得湿润起米。

她退到门外站着，A21的女店主打开商铺的门，一股久不见阳光的阴湿气冲了出来。女店主戴着草帽和N95口罩，文过眼线的两只小眼睛露在外面疲惫又警觉。A21的女店主说一口湖南话，走过来问她做什么生意。她答道，开书店。女店主又朝她走近一步，伸长脖子往书店里看，他们正在往墙上固定另一个书柜。女店主拉了她一下，小声对她说，你来看一下我的铺面，我便宜点租给你。

她跟着女店主去了21号商铺，正对着门的是一堵墙，方方正正地占了屋子一半，做生意得绕到墙后面去。之前这间铺面是一家房地产中介租用的，墙体有一半是黄色，店铺面积也大得多。店主说，开书店面积得大一点，不然小朋友想坐下来看书都没有地方。她不说话走出来，店主跟在她身后告诉她，这个商铺是抵工程款赔给她的，所以可以少点租金。

两个人重新站回到铺面的走廊上，女店主面色苍白，额头上的粉底没有涂匀，整个感觉就像是一棵久置于黑暗中蔫了的菜叶，出门前临时往上面喷了些水。她问："什么是工程款？"

"我们给房地产开发商做工程，他们欠我们的钱，最后就折算成铺面给我们。"女店主往自己的铺面走了两步又接着说，"我和我老公分开了，他就把铺面给了我，他找了小三可能还有小四小五，那样的日子不如现在一个人好。"

她不说话回头看了店主一眼，女店主也眯起眼睛看她，把帽子从头上拉下来，染成栗色的头发在阳光下泛红光。

女店主看了看她，问她："结婚没有？"

她说："没有。"

女店主又问："有男朋友了没？"

她迟疑了一下，不是不想说出视频中与他的关系，而是觉得她跟女店主之间是不是有点交浅言深了，这种熟络的方式让她有些不适。

女店主见她不回话，把身体靠近水泥柱一步，像是想要被挡住一样，把帽檐拉得更低了说："没有也好，男人没一个好东西，没钱时像狗，有钱之后就是兽。"

女店主用脚后跟轻轻踢墙柱，她穿着一双白色浅口的耐克板鞋，配着锐步的短袜，没有过膝的花裙子下面的小腿青筋暴突。女店主看起来四十多岁或者只有四十岁，但如果只看鞋还以为是二十岁的姑娘。

她转身走开时，女店主朝她问："你到底租不租我的铺面？"

"我才跟这边店主签了三年合同。"她又补充道，"再说在你们这条街开书店准赔。"

女店主回："在哪儿都是赔。"

她说，我只想少赔点。

5

她的书店装修好了。ABCD 屋子里的铁架子也搭好了，在门口用铁条焊楼梯。电光石火哧啦哧啦，一个人蹲在地上看，一个人弓着身子焊，连个护眼睛的面罩都没有戴。

她记得小时候见过焊工戴着面罩焊东西，焊条哧啦一响，她们走到跟前就会闭着眼赶紧跑开，不然眼睛会被刺瞎，不知道他们为什么不怕。电焊的火星落到堆积在地上的铝合金材料上，一闪而逝变成金属屑。接着两个人又交换位置，这会儿是之前蹲着的那个站了起来接着焊。

他们白色的破车呼啦一下冲过来停稳了，在电焊的两个人也停下来站直身体，看另外两个人打开车门，拖下东西进屋，出来又从车内扯出两个做好的窗架丢在地上。两个人一人抱一床被子，两边车门依然大开着，车开始嘀嘀地响，提示他们车门未关。一个人走过去扭转了一下放在钥匙孔里还没有拔下来的钥匙，车立马就不叫了。

车上贴着的"爱不逢人"白底黑字弯曲变形，像鹰的翅膀张开来。他们都进屋去了。他们不习惯关门，就连店铺的门也没有关过，屋子里堆了各种工具和铝合金材料，也不担心会有人来偷。他们大摇大摆地来，又大摇大摆地去，也许世界在他们眼里就是不存在的。这会儿出来两个人，将焊好的楼梯抬进屋里，之后又出来两个人，把刚才丢在地上的窗架子立在地上相互靠在一起，跟向株家门口摆着的样品一般。

给她送花的师傅开着车来了。她买了10盆花树，目的是要隔开与他们的关系，让路过的人能一眼看出书店与别的店的区别。师傅要将车倒到店门口，ABCD开着的车门正好挡住了师傅的路线。她走到他们的店门口，屋子里没有开灯，四个人都躺在焊好的架子上，也就是躺在空中铁架上，头朝里脚朝外，手抱头脚跷着。

这会儿她没有了前几天写字留言的勇气，她变得怯弱。

"麻烦哪个弟弟关一下车门，稍微挪一下车，我这边师傅要下花盆。"她说。

他们像是没有听见，其中一人放下脚算是看到了脸，但是没有动。她重又回到店门口，想着师傅把车停在什么位置，花盆搬起来不费劲。

这时ABCD出来了，呼啦啦地上了车，二话没说一溜烟把车开走了。她在门口摆好花盆，给花浇了水。张丛过来问她什么时候开张，她问这个有什么讲究。张丛说，做生意嘛，图个吉利，在手机上查一下日历，只要不是凶，就可以开张了。她开始把准备好的书上架，纸箱丢在门口。外面的风很大，她听到一辆小型的拖拉机从门口经过。她朝外看时，一个妇女风尘仆仆地已经走到她的店门口。妇女问她纸箱要卖不？她说，要卖，等着全部弄完了一起卖。妇女不说话转身开着拖拉机走了。

晚上回家路过废品收购店门时，她看见堆积的瓶子和纸箱，还有旧洗衣机、冰箱，这才明白妇女就跟自己在一条街面上。他们也是夫妻俩，妇女正在将东西从秤上搬下来，男的在屋子里对着灯光看手里的东西。这条街面特殊，独立于整个城市的新区，隔一条有红绿灯的马路，就跟闹市区分隔开了。这条街是最大的小区，小区内绿化非常好入住率也高，可是小区有两道门，前门和后门。观察了十几天，她才发现住户几乎可以不经过这条商铺的街道就进入小区。

在她等红绿灯的时候，他打来视频电话。她举起手机让他看空空无人的马路，看种在道路两边的桉树，看那些从墙内爬出来的花藤，它们正开着花在灯光下闪出颜色。她对他说，商铺的人都很拼，生活艰难生意难做。

6

开张那天她选定了吉日吉时，29号上午09∶09，意为"我爱天长地久"。太阳升起来了，照射在行道树树叶上，泛着金光。她来到店铺前一下惊呆了，铺面两边摆满了花篮，挂在五颜六色花篮上的红色镶金边的彩带上写了送花篮人的名字，全是他在网上订的，没有告诉她，这才算是真正的惊喜。她感动得眼泪直流，给他视频电话，但对方正在忙线中。

她把事先准备好的鞭炮从屋子里抱出来，又拿出两张红色的对联贴到门上，张丛、向株她们抱着花篮走过来，向株的婆母也来了，依然穿着紫色的旗袍，离得更远一点的那家开超市的夫妻也来了，还有张丛店里的常客都来了，摆好花篮站在屋前等她"点燃"鞭炮。

鞭炮响了一分钟，众人鼓掌庆贺。她拉开店门的帘子，大家拥进店里，站在书柜前看她摆上去的书。书柜没有摆满，一万块钱的书怎么可能摆满书柜，她在视频里让他看过上架的用他的钱买的书。他说等着他来，然后把空着的书柜全部摆满。虽然就眼下的情景，不知道他什么时候可以来，但她心里还是暖暖的，也许等待着他来本身就是意义。可惜开张时门前的花篮他也没能先睹为快。

7

书店没有生意，她仍每天按时早早地开门。从远处看，书店门口的花篮还有她自己买的花树，显出一片灿烂如阳光的繁荣景象。更多时候，她都坐在远处的树下，远远地看着冷清的书店在鲜花簇拥下兀自美丽，心里还是有些悲凉。

A 和 B 坐在他们的店门口，面朝店面的墙，脚抬到水泥柱上倒挂着，门口停着的车门也是大开着，C 和 D 坐在前座上，脚从车里伸出来挂在车门上。他们都在睡觉，除了睡觉就是离开。其实即使晚上四个人睡在铁架上，也完全没有问题，他们却像夜里无处睡白天补睡一样。

A21 的店铺终于租出去了，女店主朝她坐的地方走过来淡淡地说，开张了。

她回答说"是"的时候没有看女店主，她不想跟这样一个久置阴湿处不见阳光的人对视。女店主像是身上长满了一种潮湿的白色的虫，会在与之对视时从眼睛里或者身上飞出来。

她看着 ABCD 呼啦呼啦上了车，关掉车门，又是一溜烟离开了。

女店主站在她身边看着他们离开才对着她说："他们做建材生意的。"

她埋下头看自己的脚，看到女店主穿着紫色的靴子的脚朝这边移了过来。女店主在她身边坐了下来，她动了动身体

216

挪开了一点。两个人并排坐在石阶上，女店主摘下帽子，她闻到一股很浓的香水味又夹杂着虫的味道。她尽量在女店主说话的时候不侧过脸去，以免那个味道冲过来让她想吐。

女店主又开口先说话："我的租户叫王卉，花草树木那个卉，和你一样，也是九〇后，但她有个两岁多的女儿。"

女店主看了她一眼。她不接话，眯着眼去看 ABCD 堆在门口的材料。她好奇他们人基本不在店里，不知道他们的生意在哪里做，如果他们是个什么集团或公司，也不至于跟她一样租那么小的门面。

女店主轻轻碰碰她说："你怎么不说话，是不是也被男人甩了？"

她被噎住了，想转过头去用眼神告诉女店主话太多了，但她只是转动了一下脖子。

女店主笑起说："你看王卉来了。"她转头看向小区大门那条路，女店主站起来走时甩出一股阴风。王卉穿着件灰色长风衣，牵着孩子朝举起手打招呼的女店主走来。

他终于打来了视频，她坐在石阶上看他正走在他们家的茶山上，那里的茶树一棵一棵都很高，不像她了解的茶园那样一行行　沟沟地排列着。他爬到一棵茶树上坐着。她问，这么高的茶树，叶子是不是很大？他笑着朝后仰，一缕阳光从树缝那儿照过来，他在一束光里，让她觉得生活真的就是那么美好。

她问："你有没有看到云南野生象的消息？"

他直起身子来说："当然看到了，共有24头野生象。"他身后走过一群采茶的人，他们提着小鱼篓一样的筐，在茶树下晃来晃去地转。

"他们是来玩的？"她的眼睛又回到了他的脸上，他侧过头，阳光又照过来，整棵茶树都是金红色的。

8

她去张丛那儿做按摩，张丛跟她说了很多中医理疗的知识。养生馆是现代消费群体必然的走向，随着生活质量的提高，多数人已经意识到养生的重要性。张丛给她做艾灸时，打开手机里存放的视频，让她看自己在公司总部学习的情况。

她趴在床上昂起头说："学习的人真多。"

这时向株从外面进来，带来的风里都有一股要燃烧起来的味道。她趴着听到向株的声音："你也来做按摩啊？"

"你不用说话，我就知道是你进来了。"她继续把头埋在手臂上。

向株笑的声音里，像是有清脆的珠子碰在一起，她想这个女人应该活得很幸福。

向株六岁的女儿也进来了，靠在她躺着的床边。

她对她说："小朋友我那边有好看的绘本，在桌子上你去看吧。"小姑娘没有说话，两只眼睛看着向株时有点儿躲闪。向株没有接她的话，也没有理会女儿投过来的眼光，告诉张丛明天她要去参加总部学习。她问向株，不做门窗生意了？向株说人不能总靠老公，他做他的，我做我的。

向株走后，张丛才告诉她，向株自己生的儿子在乡下老家，由外婆外公带，为了讨好自己的老公，却带着他前妻生的女儿。小姑娘的眼神在她脑子里闪了几下就过去了。张丛说向株开养生馆，其实是想摆脱她老公，她老公在外吃吃喝喝，另有女人。她不喜欢"老公"这个词，认为现在的人都大张旗鼓地叫男人"老公"，显得咋咋呼呼极其粗鲁，把人叫成了动物的感觉。如果有一天自己结婚了，绝不会用这个被众人叫得烂兮兮的字眼。

向株学习回来就在张丛店里帮忙，她们用一根木棍给顾客疏通经络，从肩胛往卜擀，有点像擀面，痛得她叫喊不迭地问向株用的什么棍子。她们笑起来说，是赶筋棒涂了姜油，这个姜油是总公司的老板研发了二十年的，跟市面上的姜油有天壤之别。

她说，太痛了，承受不住。张丛说那是因为你身体里的湿气太重，才会这么痛。然后张丛就叫向株还是改用温通罐。这个温通罐她们先是用艾灸烧热过，走在背上很舒服，不像那个她们说效果更好的棍子，坑坑洼洼划得人的皮肤很痛。张丛举起棍子给她看，棍子很光滑，怎么可能坑坑洼洼。她也不知道怎么会有那样的感觉。

向株出去又进来了，抱了一把花给张丛插在进门的桌子上，见她往书店走，又顺手分了两枝给她。她把花插在杯子里，书店就有一种说不出的漂亮。

9

ABCD 来了，他们呼呼啦啦地把车停在门口，这次从车上下来的是五个人，多了一个瘦高个，年龄比他们稍大，头发没有染过，走在他们中间像一棵树干。他弓着背像个字母F，她就叫他 F，他比他们更好区分。他站在店门口挡住了从水泥柱那晒过去的阳光，头发在一束太阳光里像要自己燃烧起来一样。他们在屋子里转了两圈，从他身边走出来，爬上大开着车门的车走了。

　　他们走后，一连几天 F 一个人孤独地坐在门口，他把门窗样品架在店门前的石阶上，正午的阳光从不远处的行道树那儿直射过来。他坐在一张破椅子上，从她这边看过去，像是谁随手丢在上面的一件衣服。

　　她没有看到有顾客到他们的门店那里订门窗，但 F 的店门依然白天晚上地开着，他跟 ABCD 一样，整天来无影去无踪，他们都不是做生意的料。当然这一条街都没有生意，除了养生馆。不管有没有生意，大家租了门面就不敢轻慢，包括她每天都得早早开门守着，不管有人没人，坐在店里心里会踏实一些。

　　她终于看到有两个人，朝着她的书店走来。是一对老年夫妻，她从树下迎着他们走过去。她知道两个老人不会买书，她还是走向他们，她想也有老人给孙子买书的。

　　他们也看见了她，停在她店门口的石阶上朝那边指指问她："他们去哪里了？"

　　她朝 F 的店门看了一眼，门大大地开着，她摇头表示不知道。老头站在她面前给 F 打了电话。他在电话那边说，你们再等几天，订户太多忙不过来。

　　老头急促地说："已经等了很久了，说是两周内做好，这都快两个月了，你连人影都见不到。"

那边挂了电话。虽然老头对着老太婆在说话，但似乎就是想让她也听到，希望她能把他们的话带到："我们就等在这里，不信他不回来睡觉，躲得过初一躲不过十五。"

他们走到 F 的店门前，老妇人坐到那张破椅子上，老头站着。张丛听到声音也出来看热闹，给老两口解释道："他们就是这样，很多人来订过门窗了，他们躲着不见。ABCD有时候也过来的，他们都是半夜才会回来。你们半夜再来。"

张丛每天关店晚，他们回来也从不开灯，灯光永远是从张丛安装的路灯这边照过去，他们就像一群影子。

10

她将一架从朋友圈里淘来的旧钢琴摆在了书店中间，钢琴上的小花瓶里插着两朵红玫瑰，已经开始往下掉花瓣了。她并不去打理掉下来的花瓣，倒像是故意丢到琴板上的，有点装置艺术的浪漫情调。

打开琴盖。她请调音师调过音了，但声音听上去还是有点跑调，也许是钢琴主人久不弹琴的原因。她每天练习李斯特的《钟》和贝多芬的《暴风雨》，想着有一天去到云南，当面弹给他听，这样两个人的关系里，会有点灵魂的东西。

他问她买钢琴的钱从什么地方来的，她说借来的。他问她怎么还别人的钱？她说招到学生慢慢就好了。他坐在茶桌前冲泡普洱茶，说等你来了，我天天泡茶给你喝。想着不久的将来两个人的相见，她每天练琴的时间在加长。就那么两首曲子，翻来覆去地弹，越弹越深入，越弹越觉得他们相见的时间在缩短。

"我看你的书店不会有人来买书了。"他的信号不是很好，断断续续，屏幕上显示了好几次"对方网络不佳"。

"这个我知道。"她说。

"你知道还开书店？"他喝着茶不经意地说。

她把书店的另一扇门又朝外推了推，店门口的花招来了蜜蜂嗡嗡地飞。她看见了 A21 正在做服装生意的王卉，将各种衣服挂成了好几排，从屋子里一直挂到铺面石阶下面来了。那些花花绿绿的衣服看上去没有一件值钱的，但张丛、向株她们还是从中选了两件，站在王卉店门口举起来给她看。她关掉跟他的视频走过去，跟着她们在王卉的衣服堆里东挑西选。

王卉跟她年龄相差两岁，独自带着个女儿。女儿坐在门口的气垫池里玩，王卉丢了很多玩具在里面。偶尔也会有别的小孩来一起玩，几个孩子还会在一张小桌子上玩办家家酒。从那以后，张丛、向株每天都去王卉的店里选衣服，但除了第一天买过后，再也没买。她们好像有点喜欢挑选衣服的那种感觉，这件比一下那件在镜子前照一下，给王卉的店里制造一种客人络绎不绝的假象。

王卉带着女儿晚上住在店里，一条商铺街到了半夜，就只有她们母女两个。还有 ABCD 开着的门，他们总是神出鬼没的，永远没有人知道他们的行踪。黑灯瞎火的，她问王卉怕不怕。

王卉说："等你结婚做了妈妈就明白了，没有爸爸，妈妈就是天。"王卉撑起的服装店，从那天起在她脑子里就像杂乱无章的天空，小姑娘在那样的天空里穿行。

王卉的店跟她的书店一样冷清，不过王卉更多时候可以在网上搞直播卖衣服，而她书店里的书却成了摆设。她仍然坚持弹琴，王卉的女儿跟别的小孩会在门口站着听。她回头看孩子们一眼继续弹，她相信只要她不停地弹，总会有人听到，就会有人来学习。

11

她终于等来了第一个学生。小女孩跟她妈妈从书店经过，她们停下来站在店门口听她弹李斯特的《钟》。她一直弹她们一直听，她回头朝她们笑笑，没想到小女孩就成了她的学生。她太高兴了，给他打视频电话，她一定要在第一时间分享她的快乐。他没有接，估计这个时候的他，又到茶山上去了。

她找张丛按摩，张丛到总部学习去了。张丛总是不在，店里只有向株。张丛开的"养生馆"的总部，与美国一家直销产品公司关联。也就是说她们"养生馆"的养生理念，移植了美国产品的所有理念，他们用一种新的实体店的方式"养生"，取代过去的直销方式来卖产品。他们不仅做养生，更重要的是做文化产品，以一种文化方式将新的营销理念，植入人的大脑。现在的市场上有一种"洗脑式"文化传播，此消彼长如雨后春笋，每天给人注入精神鸡汤，让人奋勇向前未来可期。他们将中国的传统文化跟西方的文化，按照需要添油加醋地糅在一起，站在他们制造的文化高台上，喊口号那样振奋人心，指引求财若渴的人奋发图强。

经过长期培训的张丛，像是被打了鸡血一样，精神振作斗志昂扬，在她眼里黄金遍地。她大多数时间奔走在充满希望的人生轨道上，往来于各个城区的"养生馆"铺面，无偿地去支持帮助那些刚刚起步的新的"养生馆"。张丛每次向她说起培训时，总带有一种神圣的仪式感，张丛以及走在这条路上的同伴们，在总部老师那儿获得了一种献身精神，她们携手向前，一个带一个地交费学习。张丛已经成为总部骨干成员，无暇顾及自己的实体店，尽管在哀鸿满野时她的实体店生意仍然很好。

在养生馆帮忙的向株给她推荐一种新的按摩能量罐，告诉她烧热能量罐，就会产生多于这之前几百倍的功效。她虽半信半疑，却因为有了学生而高兴，趴在床上听由向株将一个个能量罐扣在背上。能量罐上有金属转动螺，根据人的承受力来确定转松或转紧。能量罐在人的肌肉上迅速缩紧，顿时让人感觉背部很沉重。

向株问她："你感觉到紧邦邦的没？"

她回答道："是的，非常紧还有点痛。"

向株又拿了一块毛巾盖到她背部的能量罐上说："如果受不了就说，我一共给你扣了七个罐。"

"这个跟拔罐有什么区别？"她摸了摸腰发热的地方。

向株说："有区别，拔罐太传统了，很危险。能量罐安全，它自带太阳能量，通过人体微循环来改变人体能量。"

她不说话，脑子里想着"传销"这个词的含义，自己好歹上过大学，而她们连中学都没上清楚，现在倒能鹦鹉学舌地对她侃侃而谈，讲起医学。向株也像张丛那样鼓动她去参加培训，不说要开养生店，学点科学养生知识，起码对自己和家人都好。

"我还是喜欢之前那种，张丛用手推拿，力道和穴位都把控得好。"她想往上趴一点，这样脚不至于掉到按摩床下。

向株等她挪动："我们去学习，就是为了不断地更新传统方式。"然后把按摩床上皱起来的垫子捋平了又接着说，"你想一下，用手推是不是太传统了，得费多大的劲，效果又不好。"

向株开始给她取罐了，她听到了罐离开皮肤的响声，想爬起来看看。

向株按住她，让她不要忙着起来："哟，你身上的湿气太重了，都起泡了。"向株拿来两面镜子，一面给她拿着，让她继续趴在床上，一面用来照在她背上，她可以通过自己手里的镜子看到另一面镜子中背上隆起的一个个水泡。

"这哪里是什么湿气，分明就是烫出来的一个个小水泡。"

向株说："又不烫怎么可能烫起泡。人体的湿气越重，起泡越多。"

她不再说话，心里想着不会再来了。

向株担心水泡感染，给她涂了碘酒，又叮嘱她回家不要
洗澡。

12

来养生馆按摩的人没有以前多了，向株每天都在王卉的
店里玩。而她又收了一个学钢琴的学生，照此下去，门面费
和借来的钱，都有希望了。她还是每天练习《钟》和《暴风雨》，
琴艺见长，再说短期内两个学生练习这两首曲子已经够了。

天黑时总有人来找F。F总是大开着门，人却不在，来
找他的人站在店门口，打电话问他门窗什么时候做好。十天
半月的，会有一堆人坐在店门口的石阶上吵吵闹闹地等F。

张丛又走了出来对着她说："他们收了好多人的钱，就
是不给人家做门窗。"向株的婆母也过来找过他们，都是江
西过来的老乡，说起话来方便。这一片还有另一片做门窗的
都是江西人，相互之间也许都知道一二。

向株的婆母走到F店门前，她一只脚踩在石阶上，大腿
又从旗袍开衩的地方完全露了出来。她们都不知道F这会
儿正大开着门在店里睡觉。他知道顾客也不会想到他会开着
店门睡觉，一般情况下早上他们也不会来。

向株婆母说话的声音很高，在店廊下还带着回音。F从店里睡眼惺忪地走出来，他站在店门口眯眯看远处的太阳照在树上。在他身后走出来了一个小男孩，也许是他儿子，也许是什么人家把孩子临时给他带着。因为她看到过他们一前一后地走在路上，他似乎在教孩子学英语，他的耳朵上戴着耳机，大概是一边听一边教小孩。

向株婆母立刻就住了嘴，然后用江西本地话叽里咕噜地对着F说了什么，他像是没听见，伸了个懒腰走下石阶，从她身边走了过去。小男孩跟在他身后一路小跑着。她从店里出来，提着水桶给花浇水。

现在已经是初冬了，花草开始凋零。王卉站在两个店之间的水泥柱那儿对她说："再过两个月房租到期我们就搬走，这个地方太偏了。"

她没有说话。向株的婆母转身时碰到了她店门前的一枝花枝上，让她感到如果这个半老徐娘似的女人不穿旗袍，是不是就不会显得那么苍老和无知。

13

雪是晚上开始下的，清早到处白茫茫一片，麻雀在太阳光里叽叽喳喳地飞。她一早就给他打视频，想让他看看大雪天的情景，云南不会看到这么大的雪。他没有接，一连几天了，她不知道他在做什么，为什么联系不上。不过她相信，他会给她打电话，也许这个冬天过去，她跟他就能相见了。

她用扫帚清扫门前的雪，天气太冷了，不知道学琴的孩子会不会来上课。她在门口站了一会儿就走进屋，然后打开电暖炉开始弹琴。她一遍一遍地弹，琴声悠扬，冰天雪地，她深陷进曲谱之中。雪停了，太阳出来，照得雪地金光闪闪。

她走出来，雪光耀眼，她只能眯着眼睛看远处房屋和树上的雪。这时，几辆警车开了过来，没有开警报器，顶灯却不停地闪着。它们挨个停在靠路边的行道树边，然后警务人员依次从车里走出来。他们踩着雪走过来了，朝着他们的店门。她没敢动，转头去看他们的店门，ABCD 已经很久没有来过了，只偶尔看到 F 带着男孩，在某个下午坐在店门口。他们两个人总坐得很近，面朝远处的大路，大概是在看树上的鸟飞来飞去。

他们的店门虚掩着，警察快走了几步停在门口。她也稍把身体往自己店门挪了一下，那儿有盆长得茂盛的发财树正好挡住了她。两个警察站到 ABCD 的店门口，其中一个拉开没有完全关闭的店门，高声地喊了一声。大概是叫 F 的名字，或者是 ABCD 其中一个的名字。店内过了两分钟才有了点动静。店内没有窗户，没有灯光，大概是 F 从铁架上坐起来，警察才确认里面有人。警察又叫了一声，让他不要磨蹭赶紧出来。

过了一会儿，F 从屋子里走出来，警察让他双手抱住头，这时他们看到屋子里的铁架上，裹着被子坐着的小男孩。一个警察走进去，把他从铁架上抱下来穿好衣服，另一个警察爬上铁架搜索。他们带走 F 时，没有给 F 戴手铐，而是由两个警察一边一个，跟他并排走在雪地里。后面的警察牵着小男孩，其余警察慢慢退回到车上。

临上车时 F 回过头来跟孩子说了句英语，警察也照着对孩子说了句英语，小孩就乖乖地上了车。警车开走了，依然没有开警报器，雪地里留下深深的车痕。

张丛的店还没有开门，向株离开后，养生馆几乎没有生意，大家都不太接受她们不停地变换按摩方式，也许是那个能量罐对人的伤害有点大。张丛还是义无反顾地去学习，帮助新加入的开店的人，想着怎么将自己的朋友引入发展壮大。她问过张丛，这样做能赚到钱吗？在她心目中，开了店，就老老实实做才是正道，再说之前张丛的生意做得很好。张丛说，赚不到钱，她们做文化传播，提升自己比挣钱重要。

她也猜想，也许她们通过这样的方式卖产品招新会员收费，钱来得比卖劳力轻松快捷，团队的力量和表达就是要向外证明，自己正高尚地传播文化。

向株离婚后去了福建，大概是另外嫁人了。王卉是在下雪前夜搬走的，说是去别人的店里做直播。

学生没有来上课。她走到店门对面的石阶上坐下来，远远地看着大雪覆盖下的商铺一条街。麻雀飞扑在雪地上，清清亮亮的叫声很空旷。向株的婆母站在屋檐下，没有穿旗袍。她从手机视频里看到，云南的24头野生大象，正大踏步穿过城镇，如入无人之境，朝着昆明进发。

云南没有下雪，大象不会走进雪地，她想。

回　声

他到来之前，她先洗了一个澡。

说实话，她连他长什么样都快不记得了。她只记得他年轻的手臂，像足球队员那样健硕的小腿肌肉，还有宽阔的腰背，从黑暗的卧室里走进卫生间的背影。她就要三十四岁了，原来以为自己会如人们口中调侃的单身女人那样，像一朵暗室"牡丹"，独自绽放独自凋敝，世间的男欢女爱如镜中月水中花，可遇而不可求。但没想到这一次，自己竟然如燃烧般炽烈。

想到这些，她感到羞涩。毕竟他的年龄和自己在公司里带的实习生一样大。这样的年龄差让她觉得十分难为情。然而，每每想起来，那种感觉又好像是冬日久未放晴的天空一般，从乌云密布中，终于透出了一缕阳光照耀在大地上，哪怕这种余热十分微弱，也足以让她重新拥有活力。自己竟如熄灭后重新被点燃的炭火 —— 炽烈、耀眼。

她突然觉得老去也不算太糟糕，除了慢慢衰老之外，时间也给予了她年轻女孩没有的东西，哪怕她也并不十分清楚是什么。

她又一次看向镜子里的自己。雾蒙蒙的镜面上，能看见斑斑点点的水渍留在水龙头上。她用干毛巾在热气腾腾中轻轻地在玻璃上擦出自己的轮廓，然后抬起手绕到脑后，把头发盘起来，用花色的金属发夹固定住，湿漉漉的头发还在不停地滴着水。

她铺了一条浴巾坐在马桶盖上，从台面上取过润肤乳慢慢地挤出，小心翼翼地擦拭身体。她的思绪随着手的速度变得缓慢，她要把每一个部位都精细地擦拭一遍。她的手肘散发着一股浓郁的椰子和玫瑰的混合香。她想，这些部位一会儿都会成为他要触碰的地方。她的心脏怦怦地跳着，和浴室里的空气一样暖烘烘、湿漉漉的。

这些年或许是荷尔蒙的原因，又或者是因为和上一个男友在一起的时间太长，总之她感到厌倦。人像一棵植物那样，渐渐丧失阳光和水分，心也如蒙尘一样不再开朗，那些难以启齿的画面不再频繁地出现，取而代之的是各种天马行空的梦境。在时间里失去联系的人逐渐来到她的梦中，纠缠不清的还是那些过去生活中的琐事。她看见他们举着她送的东西，一件件在她面前砸碎、剪坏。即使在梦里，她也声嘶力竭地追问为什么，直到将自己惊醒。那是一种奇怪的感觉，每次都让人感觉精疲力竭的声音，像漩涡形成一股拉力般难以自拔。

每次醒来都如同在梦里，透过窗帘的缝隙，她能清楚地看到阳光照射在对面楼房的窗玻璃上，一个男人正躬身给阳台上的花浇水。她没有跟任何人讨论过梦境，她觉得正是因为子宫的衰老、萎缩，才让她懂得不再年轻，以及无能为力是什么意思。

三十四岁的前一周，她认为自己又重新被点燃了，被一个年轻的肉体。

一周后他约她吃饭，那天正好是她的生日。她给自己买了一束鲜花，既是献给自己，也是献给她突发奇想的对婚姻的向往。她没为自己想跟他结婚的幻想感到震惊，她甚至相信他也会有这方面的想法。他没问她为什么买花，她也没告诉他今天是自己的生日。跟他在一起，她觉得自己的想象力像文艺复兴时期的画作，运用多种多样的颜色铺满画布，绚烂而宏大。那个结实的四肢，竟让她想起了刚过二十多岁时的自己，以及那时候睡在她旁边的男人的身体，每一个都像他现在这样挺拔，充满活力。可是那些人一眨眼就消失了，如同时间一样在不经意间，所有的速度都是那样的防不胜防。而现在，不需要掩饰的时间里，她自己也逐渐地慢了下来，像一个什么物体那样静静落满灰尘。

自从前任走后，她把胶囊咖啡机放回了橱柜，平日为了上班方便，改成了喝挂耳咖啡。她其实喝不出什么区别，咖啡因在她身上起不了太大的作用。挂耳咖啡方便很多，烧一半的开水，倒一半的冰牛奶，和那些机器打出来的豆子看起来差不多。她摇晃着杯子里的牛奶，好让那股深沉的棕色与牛奶的白更好地混合在一起。他的离开，让她的生活不用再装作那么精致和复杂。她只是回归了自己本来的样貌。

她伸手绕过储物柜密密麻麻的杯具，去找放在后面还未拆封的挂耳咖啡盒，然后把单独的一袋袋包装放进小小的木质收纳盒里。她喜欢闻木头的味道，就像有的人酷爱闻油漆或是水泥的味道那样。樱桃木的味道对她来说刚刚好，不算刺鼻，尤其是每次出差回来后，家里的这种味道变得尤为浓郁。

她看见橱柜里还有一个自己都差点忘记的，和前任在日本旅行时买的樱桃木的点心盒。每次看到她差点都不记得什么时候买的东西突然出现的时候，就像看见了被偷走的时间，十分具象化地出现在她的眼前。

除了那个点心盒以外，还有几个木头做的杯垫，也派不上什么用场。还有那几个为了喝三得利啤酒才买的杯子，如今都摆在柜子里落了灰，偶尔朋友来家里聚会时才用得上，她独自在家的时候，怎么也不可能把每一个东西都用一遍。

该给他拿哪一个呢？每次打开柜子取杯子，杯子在不经意间碰撞出来的细碎之声，如细雪落在心里的颤动感，突然间会让她领受到一种苍凉。那个声音像身体发出来的回声，在空洞的房间里一圈一圈萦绕。

她开始犹豫是否该给他提前准备一个杯子。如果今天晚上他要留在她这里过夜的话，他总需要喝水。她看到最里面有一个蓝色格纹的陶瓷杯，不过必须得把咖啡机抱出来，她才能取到那个杯子。

咖啡机是上上一个前任送她的生日礼物。她家的角落里放满了前任们送的各种节日礼物，比如那个像骨灰盒一样造型怪异的加湿器，或者放在客厅沙发后面的那个笨重又占地方的空气净化器，通通都还留在家里。她从来不会因为分手就把情绪发泄在物品上，她早就过了那个为了某种自尊要把这些东西扔掉的年龄。

现在，前任送给她的包、项链、首饰、衣服、家电，都像那些杯子一样，安安静静地在某个角落里躺着。有时候，她在想，是不是这些年的感情换回来的就是这些物品，有的换成了漂亮的项链，变成了好看的结晶，有的变成了一盒受了潮还过期了的定妆粉，如今都像她一样，被他们遗弃在了这里。

　　理论上讲，她可以把一些值钱的物品卖掉，但当得知价格后，她又觉得物品本身的价值比这些数字更加昂贵。比如那枚闪闪发亮镶满碎钻的戒指，是当年某位男友拿出自己全部积蓄给她买的。最后俩人还是分开了，对方把戒指留给了她。她一度以为自己怎么可能继续戴着这枚戒指，几年后，她发现这些事或者物件已经不再那么难以让人接受了。毕竟随着时间的推进，偶尔看到这枚戒指的时候，她还能想起自己原来曾经被人那样追求、那样地爱过。而这种感受，对现在独自生活的她来说，是那么的温暖和珍贵。

　　人如果老了，一直不结婚，是不是最后剩下的就是这些物品来陪伴自己，她想。然后这些物品，就像他们掉下来的一把钥匙、一张信用卡、一只水杯、一根头发，或是公园卡，那些人再也不会想到自己曾经遗失过这些东西。这些东西留在她家，布满她家的角落，长久地局促地跟她保持着距离。

　　她摸到咖啡机上面没有擦干的泥黄色厨烟油，她的手指纹印在灰尘下，让她意识到时间竟然过得那样快，距离上一个人离开已经这么久。接受情感的波动和位移，就像一个抛物线。这是走向衰老的变化。哪怕她从没有想过继上一个男朋友之后，她还会让另一个男人触碰她的身体，但是事情就这样发生了。

他们是饭局上认识的朋友。还是去年夏天，那天吃完饭后，俩人互加了微信，他很尊敬地在好友申请的框里称她老师。

出门时，遇上小雨，他把自己银色的长柄雨伞借给了她。两个人之间的年龄差，让他们之间的朋友圈怎么都不可能有交集，后来也没再见过。他也没有要她还过伞。那样太麻烦了吧。每当她使用这把伞的时候，她不止一次这样想过。

今年夏天，北京的雨水充沛，每隔几天就要落一场大雨。

她关上办公室的灯时已是晚上八点，屋内空调那块小屏幕上显示，空气中的湿度都到了百分之六十二，这让久受鼻炎折磨的她觉得无比畅快。到公司大堂时，雨早已噼里啪啦地下了起来。路面积水，拦住大家的去路。她把蓝色的牛仔裤脚轻轻地挽了起来，穿着凉鞋，露出雪白细长的脚踝，举着那把银色的大伞，索性走进了雨中。雨点噼里啪啦地打在伞上，脚踩在雨水里，她拍了张照片发给他，留言说多亏了你的雨伞。

他们就这样又联系上了。

第一次约会安排在了周六晚上。是他约的她。晚饭过后，她说想要带他去一家附近的酒吧。一点酒精会让她整个人松弛下来，而且她深信在昏暗的灯光下，她的面部轮廓会看起来更加柔和，眼角的那些皱纹也会被幽暗的光线所遮蔽。她喜欢坐在吧台的位置，每次来都坐在这里，望着调酒师的动作，让她不会有不知该把眼睛放在何处的尴尬。

"你要喝些什么？"她很自然地开口问他，极力想表现出这里的一切她再熟悉不过了，这里是她的主场。的确，熟悉的环境能让人变得更加自信，尤其是在让她动心的男性面前。

她在等他，等他打量酒柜上方一排排酒瓶，然后重新把目光回到她的对面。

"这家酒吧没有菜单，老板会凭对客人的感觉给客人调酒。"她说这句话的时候，想要显出一种比他见识多的语调。但他丝毫没有局促的反应。

他看着老板说："就调一杯她平时爱喝的酒吧，不要放酒精。我酒精过敏。"当他说出"酒精过敏"四个字的时候，她觉得瞬间计划就被破坏了。这意味着酒精不会在他身上发生任何作用，让他做出平时可能不会做的事情，比如拉她的手，或者更亲近的举动。

她感觉到夜晚正在变黑，之前那种美妙的感觉正在消失。

酒吧老板把烟灰缸推到他们面前："今晚店里没人，要抽烟可以抽。"

"你抽烟吗？"他看向她，从眼神中她看出他对烟的排斥。

"不，我从不抽烟。"她看了老板一眼，老板似懂非懂地点点头，没有说话。又把烟灰缸往旁边推了推。

他约她的时候，她一直猜想他为什么会约自己出来吃饭，按照她过去的经验，她想过很多种可能：无聊，失恋，借钱，有感情问题要咨询，又或许是因为他有什么需要帮忙的事情。

她不知道如果他真的是因为有忙要帮，或者有什么问题请教她，之后却不再约她见面的话，这样会不会令她恼怒，让她觉得自己被利用了。

总要发生点什么吧。她这样想的时候，又在心里默默算了一下两个人之间的年龄差。

这时候有人推门进来了，看样子像是一对情侣，女人也用眼神判断着吧台前两个人的关系，然后迅速选择了离他们稍远的卡座。

"你是九九年几月的来着？"她尽量靠近他的身体，把声音压到最低。

"十二月份的。相当于'○○后'。"他说话的时候，顺势把手搭在了她的椅背后面。

酒吧老板打断了他们的对话，轻轻地用毛巾擦干桌上溢出来的酒，老板介绍说："这款西瓜鸡尾酒是以 Tom Collins 为原型调制的，用英国干金酒和墨西哥龙舌兰为基底，搭配西瓜和接骨木花风味。"

然后又把同样颜色的那杯酒放在了他的面前说："无酒精的。"

他说了声谢谢，拿着手机象征性地拍了两张照。

他们有一搭没一搭地聊着，从工作聊到她最近爱看的视频号，而且都是她在找话题。喝了三杯酒后，她怎么都感觉不出他对自己有什么意思。他既没有不小心触碰她的手，也没有试图和她有什么肢体接触。甚至他还坐得十分端正，更没有因为她靠近的身体，而把自己的身体也挪得离她更近。

她又喝了一口酒，试图和他聊过去的感情。这是让两个人最容易增进亲密的话题，她过去和每一任都是这样打开话匣子的。

"我和男朋友已经分手半年了。"刚端上来的酒她已经喝完了，为了避免尴尬，她又拿起旁边的柠檬水喝了起来，"你呢？"

"你说的是哪一个？女朋友太多了不好意思。"

她被他的话逗笑了，忽然发现有什么东西，像是她期望的那样被打破了。然后她感觉到身体开始变得暖烘烘的，脸颊两边也像是冒着绯红的热气，就像某种樱桃果汁酒一样。

"我说的是我上一次，在你朋友圈里看见的那一个女朋友。"她感觉心都要提到嗓子眼了，如果这时候他说他们还在一起，她会不会感觉到失望，甚至觉得自己被人欺骗了。毕竟她今天下午精心打扮了好几个小时才出的门。

"我们去年年底分手了，十二月的事情吧。"

她深呼一口气，然后轻松地说："好巧，我们俩分手的时间差不多啊。"其实还是差了不少日子，但她不想让他知道，她已经单身太久了。

"你们为什么分手啊？"他说。

她本想说不适合，但这是所有人都会找的借口，难以让人信服。"他的工作地点变了，离开北京了，异地，不想谈。"她又喝了一口酒，此时发现杯子里的液体都是融化的冰块，酒精的味道已经变得很淡了。她又招呼老板再做一杯酒精浓度更高一些的酒。

"去哪儿了？上海吗？"

老板点了点他对面空了的杯子，问他是否也再来一杯什么。他说那就再做一杯更清爽一点的，他喜欢蛋清、椰子、蜜瓜类似的口感，同样不放酒精。

"不啊，去苏州了。"苏州。这样陌生的地名比上海、深圳这种常用词显得更具体和真实。没有人会知道她的前任就在北京，甚至就住在离她家不算远的位置。

"我还以为你有女朋友呢。"她明显说了一句违心的话，去试探这个答案。

"没有啊，但你不就是喜欢抢走别人东西的感觉吗？"他眼睛一眨不眨地望着她，好像全盘把握住了什么的神情。她逐渐感觉到这句话的刺耳，让她一下不知道怎么回答。

她来不及想，在他眼里她究竟是一个什么样的人。酒精慢慢从胃里涌上来，她记得上次醉成这样还是在三年前分手的时候，那个晚上她回到家吐得四处都是，她还记得黏腻的口水挂在她的头发丝上，但她却完全不受控制地没有力气举起手来擦干，任凭眼睛、口腔、面部肿胀的痛感侵袭全身。

"你在看什么呢？"他的目光顺着她也看了过去。

"我在看墙上挂的海报上面的英文单词。"她把自己从那些不堪的回忆里拖了回来。

"Tita-nic Sinks. 是这么念吧？什么意思来着？"

"泰坦尼克号沉没啊，你不会这个都看不懂吧？"

她笑了笑，摆了摆手说："我真不知道。英语太差了。"

这时候她感觉到酒精正在她身上燃烧，刚刚尴尬的感受和那些不堪的回忆一跃而过。现在正像她所期望的那样。她再次用热烘烘的身子去贴近他。他并没有躲开。她小心翼翼地张开腿去触碰他的大腿。他仍然一动不动。

她又喝了一口酒。他没有问她怎么喝这么快。他跟着酒吧里的音乐轻轻地摆动着身体，就像他完全没有感受到她对他的靠近，她的手臂正薄如蝉翼似的落在他的腿上。

这时候，她慢慢倾向他的身体，靠近他的肩膀。很奇怪，他身上竟然没有任何味道。不同的男人总有不同的味道。一些暴露他生活习惯的味道，比如说油烟味，便宜的止汗凝露的味道，古龙水味或者洗衣液的味道，但他竟然什么味道都没有闻到。

她不知道是不是因为她醉了，所以才什么味道都没有。

她记得她歪歪斜斜地打开了酒吧的门，她听见门上挂的铃铛噼里啪啦地响着，就像国外平安夜当晚电视里放的那种音乐声。三里屯外国使馆区那一截路已经没有行人，也没有车辆来往了。她在昏暗的灯光下试图去抱他，此时，其实她只是需要一个男性的拥抱而已。她已经太久没有被爱抚过了。

"你是一个需要被人照顾、疼爱的人。"听到这句话时，她一下不知道这个是他说的话，还是她内心希望他此刻说的话。她只感觉自己站不稳，然后摇摇晃晃地倒向了他。

他沉默地抱住她，好像他既不惊讶，也不慌张这件事的推进。

她感到一个温暖的嘴唇咬住了她的嘴唇。这时候她才终于闻到了他身上的气味。是一种怪异的无法形容的，像某种湿润的季节才会有的味道。

第二天早上，她被雨打在玻璃上的声音吵醒，他已经离开了。这是一种舒适的感觉，并且她已经很久没有睡得这么安稳过了。她把窗帘拉开，看到雨滴聚满在微微张开的窗户上。她一下子觉得万物都在发芽，自己也在悄然绽放。对面那栋楼的窗玻璃，只微微开了一条缝，能隐约看到阳台上的花被雨水遮蔽后零乱的颜色。楼下的人举着雨伞，小心翼翼地避开地面上的水坑。她深吸一口气，觉得之前世界为她闭合的大门正在重新为她开启。她从来没有想到，这个年龄的她还能有这样的际遇，她突然觉得自己理解了"自洽"两个字的含义。

她看着窗外轻柔的雨点，觉得此刻的每一种声音都在回应着她的内心。她开始觉得自己的身体焕然一新，呼吸都变得很轻。

转瞬，她又开始焦虑起来。再过五年怎么办呢？五年后，她三十九岁了，三十九岁的身体和三十岁的身体是不一样的。这一点她深有体会。那时候，她在这一段即将拥有的关系里又有什么优势呢？

她不敢再继续想下去，也知道这样的关系，大概率是没有任何结果的。所以她跳下床去拉上了遮光帘，关掉卧室的灯，走出了卧室。

她看到卧室外的地板上，从玄关一点一点褪下来的东西：凌乱的鞋、丝袜、裙子，还有内裤，让她又拼凑起昨晚的许多差点已经遗忘的细节。

她走进厨房，绾起头发，幻想着也许几天之后，家里又会再多一个人的喜悦。这么长久的宁静就要被人打破了，她不由自主地想到多一个人，她应该又要开始添置一些新的东西，比如新的毛巾、新的拖鞋或者无用的玻璃杯。她甚至幻想着跟他结婚，她不会在意他有没有房子，不会在意他的任何过去，就像他对她的过去漠不关心。

她把鸡蛋放在锅的边缘敲碎，蛋清哧啦啦地在油里清澈地响着。这是一种美妙的声音，她之前一直觉得自己会永远独自生活下去，年龄越大，她可以选择的事物就会越少，等着她的更有可能的是那些二婚带娃的男人。但如果她不愿意将就的话，她就会像她表姐那样生活 —— 和自己的父母住在一起，让生活显得热闹一些。

没想到老天爷给她安排了这样一个礼物。有一个这样的男性来到了她的生命之中，来温暖她、点亮她，打破那种安静得能听到插座电流穿过的声音的夜晚。

再次见面是她约的他，他们在微信上说好还是来她家，他选择了周中的晚上。她问他是否先一起吃完晚饭再回来，她有一家喜欢的意大利餐厅，想带他去尝一尝。他说下次吧，今天他要加班到九点。

她计算着他到达的时间，并把家里大大小小的东西归置好，把平时爱抽的那几包烟放进抽屉，不一会儿又拿了出来。她想，如果是情侣的话，对方一定得接受最真实的自己。最后，她把烟和打火机放进了门边不起眼的盒子里。

家里最应该避免的东西，是任何一件看起来属于男人的东西。不过家里应该不会再有这些了，一年前分手的时候，她就彻底打扫过了。尽管如此，她还是小心翼翼地检查每个角落，她看见冰箱上自己的照片，那些都是她和前任出国旅游时拍的照片，双人照已经被她扔进垃圾桶，现在只剩下她的单人照。照片中的自己看起来就像一个独自生活了很久的女人，好像很享受自己，但背影里却是藏不住的落寞。

这样的日子或许很快就要结束了。她轻轻地深吸了一口气。

她拉开抽屉，用长条火柴在火柴盒一侧轻轻一刮，点燃了之前为遮盖家里烟味没用完的香薰蜡烛，好让他进来时闻到家里特殊的香味。年龄的优势或许就是令她更加懂什么是生活。她喜欢各种各样的香薰，这都是让她在日常生活中感觉被美好簇拥的东西，这是她独自生活之后才发现的一些乐趣。孤独的时候，总要学会自我取悦，不然那些寂寞的时间究竟怎么度过呢？

浴室里玻璃上的雾气已经散去。镜子里的身体比例看起来比过去更加和谐，那些不对称的部位好像在慢慢和解。她看见自己眼角的细纹还有堆积着的副乳。她突然对自己失去了信心，一个年轻的身体怎么会渴望这样一个近于腐朽的肉体？而这个肉体正用肉眼不可见的速度趋向灭亡般的衰败。

她不知道在他的世界里，是不是因为她这样的女人太稀有了，她的那些在她看起来近乎可怜的独立、失败的强势，在他眼里却变成了不可多得的优点。

微信又亮了起来，对话框里说他还有十分钟就要到了，问她是否可以下楼来接他。慌张地出门前，她又换回了平日里在家穿的衣服，而不是刚刚套上的那套流苏的粉色小洋裙。来日方长，她想。她不想让他一眼看出她整个下午都在为他的到来细心打扮，尽管那是真的。

电梯门开的那一刹那，她看见了他。他正低头微笑，两手空空地看了一眼手机上的时间，然后跟着她进了电梯。她想象过他会买一束花送给自己，至少也会买一瓶她喜欢喝的红酒。

她想他说他加班呢，才下班为了赶时间什么也没买也很正常。她在电梯里不敢看他，抬起头看电梯里的广告。她试图寻找话题，手却不自然地抖动。她希望他看见她的紧张，这一点能让他相信，虽然她年纪比他大，但是她在这一方面并没有比他懂得更多，她依然如同少女一样娇羞、腼腆。

他跟在她的后面，穿过长长的过道。楼道尽头的光线，顿然让她觉得这是在通向某种永恒的东西，哪怕里面掺杂着许多不纯正的物质，比如她的爱欲，她的衰老，还有那些算不上欺骗的善意的谎言。人生原来有这么多不可估量的惊喜在等着她。她不知道这算不算某种上天给她的厚礼。

她给他拿出一双早就准备好的男式拖鞋，他埋着头穿鞋，没有四处打量，就像他早已熟悉这个家的布局。

"要一起洗澡吗？"他问，这让她觉得面红耳赤。

"我去床上等你。"她仍然不敢抬头看他。她发现脱掉鞋，她和他之间的身高差，让她根本看不见他的脸。她迅速走进卧室，只留下一盏暖黄色的台灯。

"我不知道用哪一块毛巾。"他光着脚走进卧室，看见已经把自己裹得严严实实的她。他单腿搁在床上，往下拉了拉她的被子，为了更好地看清她的脸。

"我给你放在浴室的挂钩上了，蓝色的就是。"她捂着被子说，然后望向他。她看见他的躯体和线条比她记忆中还要好。那种肌肉的力量，那个宽阔的胸膛，修长的手臂和手指，这一切都即将要属于她了。

他钻进被子的时候，她像是早就准备好了这一刻，她用冰凉的双脚和颤抖的肢体去靠近他。她感觉到他身上刚从浴室出来的那股幽香又熟悉的温热。他把手揉搓进她的长发里，他的鼻息越靠越近，然后他说了一句令她难忘的话："你的头发闻起来就像蓝莓。"

她记得她二十岁那年，也有个男人用过类似的比喻，说她的身体闻起来就像山泉一样，这会让她在整个过程中走神，会去想这个男人的童年是不是在山泉的旁边长大。

虽然说这种比喻的两个人的年纪相仿，但是能明显感觉到，此刻对面的男人要比那个人更有经验。她试图去引导他将头部朝向她肩部的位置，那个起伏的身体在示意他，她敏感的部位就藏在那里面。这是一种奇怪的感觉，他好像比她还要熟稔整个流程。而且他自始至终都没有褪去她的裙子，好像对她的身体并不好奇一样。

事后，他伸开手臂，她则轻轻地靠在他的臂弯之中，像一个小小的毛绒玩具。她抚摸着他胸前粗糙又茂密的毛发，她的裙角还搭在他裸露的身体上。

她为她刚刚的表现道歉，她说是因为刚刚太过于紧张而突然叫他停止。两个人汗淋淋的身体彼此紧贴着，她把头重新枕到他的胳膊肘上，不由自主地为刚才糟糕的表现轻轻地啜泣。他感受到了眼泪落在了他的胸口上，但是他一句都没有问，好像并不关心她拥有怎样的情感似的。他抬起手轻轻地朝着自己的肚脐扇了扇风，然后慢慢挪开他的大腿，让它不再紧贴着另一双腿。她意识到屋内的温度过高，让两个人的四肢都湿淋淋的，然后她又说了一声："对不起。"

他依然一动不动轻轻地揉搓着她的头发，比刚刚的动作还要轻，并让每个指尖慢慢地穿过发梢，这样来回了好几次。他摸着她的肩膀说："我得走了。"然后他顺势拿起了他的手机，索然无味地用手指在屏幕上滑动。她从侧面能看到他贴着防偷窥膜，什么也看不到。然后他看向她，示意她抬抬头，让他把另一只胳膊拿出来。

"稍等。"她把头抬起来，重新平躺放回枕头上。她感到卧室里的光线和平日里的没有什么不同。她就一直盯着卧室上方的灯罩，然后她看见灯罩里隐隐约约的黑色斑点，都是那些飞虫的尸体。

"你今晚不在这里过夜吗？"她的声音嗞嗞如飞虫，接近一种哀求的语气。

"我得走了。"他又摸了摸她的头，用那种永远都不会再见的方式。

"可是我们什么都还没有吃呢。"她用一种疑问和哀求的眼神看着他，希望他能留下来陪她吃晚饭，能陪她度过，至少这个晚上。不然她感觉自己像是一张被人擦过的废纸扔进那个皱巴巴的纸篓里。

　　他又拍了拍她的后背，帮她捡起了掉在地上的内裤。他
跐着鞋边走边穿衣服，他走到客厅，她听到他换鞋的声音，
然后打开门迈出去，门砰地关上了。她确信那个声音并不大。

外面天气怎么样

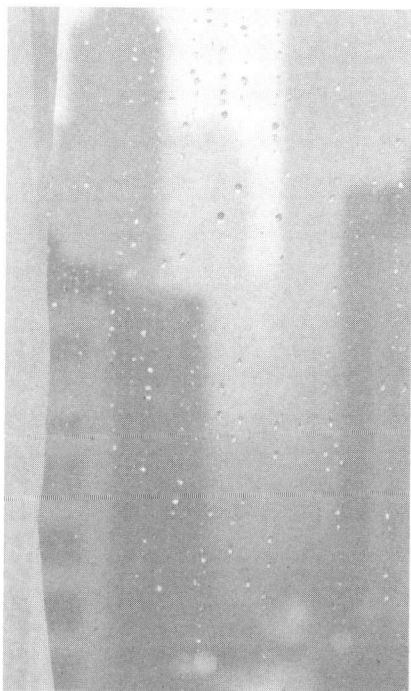

1

她直起身来，走过窗子时身体带动了一下暗红色的窗帘，后面的纱帘透着比红色更暗淡的光，像洗胶片的暗室。她是023，我一直没有注意她的胸牌。我住在西坝河，每天上下班坐302公交，听到有人叫她023时，脑子里反应的是302。

每次下了302公交车走过天桥，可以看到"雅典娜"隐蔽在树荫里显出的字样，灰底黑字，凭空无法想象它的经营范围。合租的室友在"雅典娜"办了年卡，他是个月光族，带我来过两次。他喝最好的水，用最贵的牙膏和洗发液，让捉襟见肘的我明白钱不是存出来的。室友给一家公司写电影剧本，白天睡觉晚上工作，收入高但并不稳定。跟他合租两年来，他换过好几次工作，有时候好几个月没有新的工作，照样白天睡觉晚上熬夜。我在一家公司给人运营微信公众号，收入不高，每个月交完房租后所剩无几。

023端进来的木桶上套着一次性塑料袋，下面的空气把袋子两边吹得鼓起，桶口如化学烧瓶的入口一样狭窄，一次只能下去一只脚。我轻轻地踩在水的表面，待皮肤完全适应水温后再放下去。她弯腰将塑料袋撕开一条小口，下面接触到空气，鼓起来的塑料袋才缓缓地耷拉下去。

她问我，今天外面天气怎么样？我看一眼严严实实的窗帘说，还好吧。她撸了一把汗，朝前跨过木盆说，客人多，还没有空停下来。

我问她，你说的171今天不上钟？

她没有说话，依然蹲在一边从小工具箱里拿出指甲锉、精油，最后将一次性毛巾放在我坐的位置上。

171和你哪个高？你每次说她的时候感觉她的胸牌号就是她的身高。

023笑了一下，她戴着口罩，身材匀称，两只眼睛鼓在外面有红血丝，皮肤即使被口罩遮掉了大半，仍然能看出它的白皙。

我说，你不用戴口罩。

她朝后退了半步，示意我把脚放平，她开始用力地在水里给我搓揉双脚。她说你每次都爱用一只脚踩着另一只脚，你知不知道这个动作透露出什么。我看着她问是什么，她埋下头说，你没有安全感。我不说话，看着她往我脚上撩水，搓揉我的大脚趾。

2

太阳落在西坝河沿岸的树梢上。五六个老人坐在院子里的一棵槐树下晒太阳聊天。他们的头发在太阳里闪着银光，其中几个穿着睡衣坐在轮椅上的老人头耷拉在肩膀上，歪斜着认真地听别人说话。每次走近他们时，我都会加快脚步希望离他们越远越好，我惧怕暮气和病痛挣扎的绝望感。回到家，室友正从卫生间蓬头垢面地出来，他摇晃着穿过走廊，旁若无人地回屋去了。也是过了很久我才习惯他有时候装作不认识我，有时候又像和我很熟的朋友，请我到他房间里喝茶。

我脱了鞋，把钥匙放在鞋柜上，这样每次出门都不会忘了带。不带钥匙进不了门，室友即使醒着也不会来开门，他抱怨敲门声会打断他的思路。起初我有点受不了他的粗鲁，趿着拖鞋从洗手间出来弄得走廊的地板上到处是水，而洗手间门前的地板早都泡坏了。他旁若无人地打电话，将一只肩抬得老高，苍白的脸上长满了粉刺。好在我的房间跟他的房间隔着厨房、卫生间和门厅，关上门就什么也听不见了。他住的是主卧，比我房间大一些，他的窗前还有一排树，我偶尔会看到飞来树上的鸟晃动树枝，看见他光着脚踩在地上，对着窗外的鸟发呆。

我打开电脑坐在窗前，外面的树枝挡住了阳光。他敲敲门然后开了一条缝，头没有进来，只是几绺头发飘在门上说，你要去"雅典娜"不？我请你。

我说我不去，我也办了年卡。我看到他笑了笑，一晃就消失了。他像是油盐不进，不懂得如何交朋友，也似乎不需要任何朋友。

有一天早上我一开门，他养的那只白色的猫哧溜一下蹿进来，撞在我身上，它叫了一声，我也跟着叫了。我受到惊吓的声音并没有影响到他，我朝着他的屋子跑去。他的门是半开着的，我站在门口惊魂未定，张着嘴说不出话来。他翻身看了我一眼说，惊咋些什么呢？不就是一只猫吗？难不成它还能吃你。接着他又睡去。

我站在门口看着那只猫，它正从窗台上往我的床上跳，哧啦一声掉了下来，回头来朝我喵喵地叫。它一闪身像个幽灵，它跟它的主人像极了，冷漠嚣张无理。

3

171和你们住一块吗？我问。

171跟我们不一样，按摩脚的活收入太少她不愿意接。023说。所以她不可能住在这栋楼的后面，跟大家挤在十六平方米的小屋子里睡上下铺。

十六平方米，几个人睡？我动了一下脚，希望她换个部位按。她说不过是夜里睡睡觉，有的做通宵天亮了才回屋。我抬头看了一眼屋子里的空调，她问我要不要调一下温度。我说那夏天岂不是要热死人。她说她睡的地方离挂式空调很近，就像抱着它睡。我们同时笑起来，冬天盖夏被，夏天盖冬被。

你说的地方就在这栋房子后面？她点头。我执意让她拉开一点窗帘向外看，她指向一个我根本看不见的地方说，你看就在那栋房子后面。我半抬起身子，看见有一道门用两把自行车的锁交叉扣在一起。

我问，你们的门就那样锁着？

她放下窗帘说，只有这样才能让人觉得里面没有人。

她一边按着我的脚一边说，以前店长经常会在早会的时候，走过来说这个店全靠171撑着，走过去又说我们全靠

171养活，搞得大家都心惊肉跳的。

我问为什么会有这样的感觉。她说因为店长给我们传达的信号是，如果有一天171走了，我们的店就垮了。她按我的小腿时，我把脚弯曲着抬起来。我问她，你有一次说171的包是奢侈品，她背着那样的包来这里上班？她没有说话，示意我翻过身去给我按背。

她把屋子里的灯又关掉了两盏，风把窗帘吹起来带进来一股清凉。

快入秋了，你要记得早晚加衣服。她说。

我想起室友前天抬着一箱啤酒回来，晚饭后他才开始工作。他也这么说，快入秋了。夜里他大概是写累了，在屋子里的过厅里走动。我跟023说起我的室友，当初我要重新租房想寻一个合租人，朋友的朋友就介绍了他。

023不以为然地说，两个人合租总会有问题。

我以为023会问我为什么不找个女合租人。她两只拇指同时用力往下按，我哼了一声。她说你不受力嘛。

我说，我跟女人很少有相处得好的，她们心眼太多。之前我是和一个女孩合租，她每次洗头的时候都偷用我的洗发水，而且用量很大，我觉得她在往墙上挤。有一次她告诉我她喜欢看泡沫纷纷下滑，我不明白她说的意思。

023说，都是这样的。

那时我刚来北京，工作还没有落实，跟我妈的关系很不愉快，手头很拮据。我撑起身子表示要喝水。023递过水来，我大概是太渴了，一股劲地喝完了杯子里的水。023对着耳机叫人送水上来，她继续弯下身来给我按背。这会儿她的用力点在肩胛骨，我感到又酸又痛，忍不住叫她轻一点。她说每个人从外地来北京都很不容易，我来的时候身上连钱都没有。

我放平身体闭上眼睛，她的手轻了些，我把手奋拉下来。我也很想告诉023我住的地方，那时我搬到这家店对面的居民楼里，这个小区有四十几栋，黑压压的一片。虽说是南北通透，南面的窗户前是小区供暖的大烟囱，冬天会冒出腾腾的白气，我经常看着那团白气，特别想知道它究竟烫不烫手。可惜我租的房子在三楼，离烟囱的顶部太远，摸都摸不着。

南面来的光基本上就被这个大烟囱挡住了，所以只能打开北面的窗户。北面是七圣路小吃一条街，人来人往，常见人划拳骂架，热闹声浮动街面，服务员熟练地从围裙里抽出一个袋，飞快地抖动着那张一次性塑料餐布，一盘盘热菜被端上来。一拨客人来一拨客人走，车水马龙的热闹和我总像隔着很多年的光景，既遥远又让人心生向往。在 个人还没有落地生根之前，再美的景象都如同隔世的幻象，炫目的灯

265

红酒绿缥缥缈缈。

我总是趁着室友下午出门吃饭的时候打扫房间。我把过道上堆的杂物清理出去，偶尔也会顺便拖一下他的地。他的房间里到处是烟头，桌子上乱七八糟地放着各种喝空了的饮料瓶，喝完的没喝完的啤酒瓶全堆在靠窗的地上。我不想让他知道我给他拖过房间，就没有清理那些杂物。他有时候还是知道我打扫了房间，会冷不丁地在走廊上问我，今天怎么没打扫房间。

我被问住了不说话，他走到门口转过头来说跟你说话呢。之后他并不需要我回话就自顾自地进门去，他要的是一种权威感。有时候我感觉他的存在像只蟑螂，在你开灯的时候突兀地出现在眼前一动不动，然后倏地躲藏起来。朋友到他房子喝酒，他就大声地喊我过去。我不知道他叫我做什么，走到他房间，他手一指让我坐下喝酒，并不介绍。见我坐立不安就指挥我去烧水倒茶，如果我气不过起身离开，他就说她就这德行。他是想让朋友觉得我是他廉价的女友。

4

我不抱怨我室友的时候，023会埋着头一边给我按脚，一边慢条斯理地说171的故事。

171总是穿着高跟鞋来上班，老远就能听到鞋跟着地的声音，有点像马蹄。我们都笑了，这有什么不一样呢。是不一样，她的鞋一万多。你听过马走路的声音没有？我说没有印象。马在山里走路大老远地传过来，就像挂在墙上的钟。我又笑了，想象着171走路的样子，怎么也无法将她与洗浴这样的行业联系起来。

她说171从她们身边走过，隔着工作服也挡不住香水的气味。她经常坐着不同的豪车过来，车就停在路边柳树下，下车前她总是要在车里待上几分钟才下来，脖子上斜围着块小方巾，不知道的还以为她要去住宾馆。

我说，怎么从来没有见到171，哪天你约上她我们一块吃个饭。

这时023的耳机里呜里哇啦地响，她用手将耳机按紧担心漏出来的声音被我听见。我看见她脸上的表情慢慢地变得僵硬，然后她给我掖了一下被子就出去了。过道里传来别的对讲机的声音，像是在一条长长的深不见底的隧道幽暗地随风而散。

023回来的时候我睡着了。她像是不知道我睡着了，把我的身体往下拖了拖。我睁开眼睛问她是不是出什么事了。

她笑笑说，来了个我的老顾客，没事已经有别人去了。我们刚才是在说171吧？ 171外面的房子原先是客人给她租的，后来好像她自己租了。她偶尔也会回来住进我们的房间，重庆人的性格火辣，走起路来一屋子都冒热气。夜里大家聊天，她喊一声闭嘴，房间里立马就鸦雀无声。

真的没有人敢再出声？ 我问。

023点头说是的时候，她的手轻快地滑过我的背脊骨，我哎哟了一声。她把手又滑回来反复地推按说我这儿堵得厉害。

我忍着痛问她，171做美甲怎么工作？

023停下手来站直身体叹了口气说，这个就是问题，她"嘿"热爱生活。

听到023冒出重庆话，我觉得亲切就告诉她我也会说重庆话，重庆话"嘿"好学。

023并不接我的话，往我身上抹了精油说,171喜欢画画，高中毕业参加艺考，考川美专业分够了，就是文化分低咯。

023又冒出了重庆话。她的手在我肩胛骨那儿用力，我说痛，她说这儿是大肠经。我尽量放平身体，好让她方便疏通。

5

8月底，北京高温不退。蝉鸣比以往更响，类似一种精疲力竭的嘶吼，通过腹部的鼓膜和颤动的翅脉，体现着它们向死而生的信仰，把余下不多的生命献祭给夏天的末尾。我听着023讲171的故事度过了整个夏天，在她的描述里面，171因为是重庆人才这么有作为，让我对重庆人似乎也滋生出了一种莫名其妙的好感。

171在023的口中是个传奇式人物的存在，她的勤劳让人尊敬。那时候我对171充满了好奇，好几次都想通过023把171约出来见见面，想要听听171的故事。一方面理由不充分，另一方面023一直都在加班，没有时间出来帮我约上171，哪怕在"雅典娜"附近的饭馆聊一聊呢。其实也不完全怪她，赶上她放假的日子，我又出差或是有别的什么事就错过了。别说171了，我还真没有在除了"雅典娜"之外的地方见过023。她们就像店里壁橱里的一个玩偶，要花钱才能进去见着她们的面。

023有一天问我知不知道凡·高的《星空》。她准确地说出了文森特·凡·高的全名，并告诉我说他来北京了。

我说，你知道凡·高？她没有回答我，继续说，好像是 6 月 22 日来的。就在中国国家博物馆里。我说，那么这个月你休假的时候告诉我，我和你一起去看。

她说，请不了假，这个月有四个女技师回老家了，店里忙不过来，黄顾问不准她们请假，这个月业绩超不超得过于顾问，就看她们的表现了。她想了想后，又问我能不能替她去看看。

我拿起手机搜索，给她念这次展览的详细情况。在来中国前，这些画作分别在美国休斯敦、英国伦敦、荷兰阿姆斯特丹还有荷兰的南部小城丹博思展出过。然后来到了北京，接下去会到日本继续它的旅程。

我抬起头问她，知不知道休斯敦在哪儿？

她说，是不是澳大利亚？

在美国。

她笑了，凡·高原来是美国人啊！

我也笑了。

她说，宣传资料上写有九个展区，其中一个她特别想去体验。

我问她是什么？

她说，好像是凡·高卧室，具体叫"阿尔勒的卧室"，是 VR，人可以躺在里面体验，很多人留言说，感受特别温暖。

我问她，这和凡·高的《星空》有什么关系？

她诧异地问我，星空没在那个卧室里啊？

6

我再去"雅典娜"的时候，发现我的茶杯被换了，从他们店里的透明的共用的玻璃杯换成了023自己花钱在超市给我买的陶瓷杯。那个绿色的杯子，杯沿镶着金边，据说有这种金边的杯盘，是不能放进微波炉里面的，不然会爆炸。

我看你从不喝店里的杯子，知道你有洁癖，我重新给你换了个杯子，开水烫过了，里面泡了云南的花茶。她说。她把泡好的茶放在床边的茶几上说，上次和你交流，感觉你懂画？她小声地问我。她的动作轻柔，捏着我小腿和脚掌连接的位置。

我端起绿色的新茶杯不看她说，略懂一点。

有时候023说自己出生在甘肃农村，有时候又说是陕西，我并不想追究到底哪个是真的。她说家里只有母亲一人，她最大的心愿就是接母亲来北京看看。我不说话，调高了墙上

投影仪的音量，电视剧《小欢喜》中的主人公宋倩正堵着门
不让前夫乔卫东进屋，嫌他看女儿的次数多了影响女儿的学
习，我心里有点小庆幸，幸好自己那时没有生在大城市，要
不然我妈可能比宋倩还折腾。

我心不在焉地看着屏幕，遗憾自己并没有023那样的心
愿。我想起来这几年与母亲的关系，像是一堵旧墙上原有的
缝隙被苔藓遮住了，偶尔联系彼此都很生疏。来北京的第二
年，母亲给我发了条让我彻底放弃与她重归于好的短信，说
她准备把家里的房子卖了重组新的家庭。

我看着023背过身去晃动在墙上的影子，产生一种她并
不存在的错觉。她说她往老家打钱了，她妈妈每次收到钱
都会托人转告说自己不要钱，叫她好好的，不要惦记着她。
023用手肘往上撸了一把头发说，下个月村子里通网了，再
买个手机寄回去，就可以每天打电话了，不然每次打电话都
要先约好。

我闭着眼睛说，你妈爱你吗？

她停了一下，然后起身把床边的盆挪到靠门的地方，像
是故意要延长说话的内容。她说，我们农村人不会说这句话。
她整天干活，几乎没有话可以跟我说。小时候上学翻山过坎
的，也不会想得太多。现在出来了，就总想着她过得苦，总

想着有一天让她过上好日子，晚上睡不着的时候，脑子里全是她在地里干活的样子，砍猪草的样子。

你们家还喂猪？

喂。一年到头的猪油和家里的开销全靠那两头猪。

她打开了另一盏灯。屋子里的光线里暗红的颜色朝上投到一个角落，有一种纸醉金迷的隔离感。她见我又掀动了一次被子，把一只腿弯曲在床沿上。她说你吃点水果。我开始吃水果。她说，这里生意难做，我妈催我回去，我要离开这里。我把刚放进嘴里的水果吐到纸巾上说，你要去哪里？她说，先回老家。我说，西安那边？她点头。我说这样你的手机就可以不买了。手机是要买的，因为回去我肯定不会回乡下去，我会在城里找个工作。她说。

7

那天下午，我准备告诉023我可能要搬家，换了工作，以后就不住西坝河这里了，也不太能再来这里按摩照顾她生意了。没想到，她先我一步告诉我这里生意不再好做，很多时候都没有客人来，她妈也不停催她先回家，她只好先离开北京另作打算。

离开北京前，她还有一个愿望，就是去看香山的红叶。她问我，姐，不知道香山的红叶红了没有？

她要离开这件事出乎意料地打击到了我。后来我分析可能是因为是她先提出来她要走，以后再也见不到了。也许我先说这话，我的感受会要好一些。上一次凡·高的事有愧于她，我就自告奋勇地说，我去替你看看。

我坐了两个小时的公交车去香山看红叶。公交车路过一个广场，里面有一群学习轮滑的孩子。有一个在领头，后面的人跟着有序地律动，头忽高忽低，一会儿换右脚支撑，一会儿又换成左脚，像大雁的迁徙。想到023要离开，我也要搬离西坝河，心里有一种难以言说的不舍，还有那个重庆的女技师171我还没见过。023回到老家后，我们这辈子都难以相见了。萦绕在心里面的失落感像一层雾。

9月，香山的枫叶算是看到了，但还没有红起来。不仅没有红起来，甚至和红都不沾边。大片大片的绿叶，让人怀疑这还能红得起来吗？我问大巴的司机，北京的秋天什么时候才能到啊？

司机旋转着方向盘，看看后视镜笑了笑回答我说，北风一吹，下一场雨，北京的秋天就来了。

我回去告诉023，我说你再等一个月，一个月，香山的红叶就红了。

她笑了笑，告诉我说，没事，我等不到了，以后再来首都看吧。

我说，你在这里几年了？她说，好几年了，反正不到十年。我说，我们认识多久了？她嘻嘻地笑，嘴里露出一颗小米牙说，老半年了吧。

临出门时，她包好我的绿色专用杯，说下次你继续用这个杯子，我给你烫好。我送了几个单位发的月饼给她，她站在门口对着我挥手。

8

再次去"雅典娜"已经时隔一年。我在西坝河站下车，站在马路对面，隔着行道树看"雅典娜"的外观还是老样子，但是"雅典娜"那几个半圆排开的字变得松松垮垮，浴字偏旁掉了一个点，看上去像一个人缺了一颗牙。玻璃外的霓虹灯招牌粘上了隔壁餐馆的油污，灯管接触不良，一会儿有电，一会儿又停了。隔壁明宫宾馆的搬迁已经严重影响到了"雅典娜"的生意。

我刚进门厅，前台就跟我上了楼，她用手势指引着我，这边请，并对着那个神秘的无线耳机说，楼上贵宾一位，请接待。为了确保不是记性出了问题，她回过头来问我，姐，你是第一次来？

我记得原来整个楼道是泰式装潢，前台的柜台旁边放着一尊佛像，头顶冒着水，顺着佛身流进下面的一个小圆盘里，其间伴随着哗啦啦的水声，让人觉得是谁在为了调温，而少量地在放洗浴水进木盆。走廊的脚下点着浓郁的印度盘香，像是为了掩盖一些其他的气味而特意点上的。现在前厅的装潢也变了，换成了日式的风格六扇木窗，窗前的瓶子里装着塑料樱花，高高地盖了一面窗。下面还有一个装上电池的招财猫不停地摇手。

我摇了摇头表示不是，问她，旁边在修什么东西？

她说原来这里是明宫宾馆，现在要改成如家快捷酒店。她的声音轻快，似乎对酒店的开业十分期待。她推开门说，罗马包房，您稍坐。技师马上到。

在房间里坐了一会儿，一个女孩敲了敲门，提着她的塑料工具箱就来上钟了。她从箱里拿出一次性纱布，撕开一截透明胶用牙轻轻咬断，把门上的小窗遮住，又把纱布多出来的部分塞进窗沿里面。

眼前的这个胖女孩，或许是因为矮，头发看起来特别长。

她用皮筋把头发绑起来，那个长度能到她膝盖后的腘窝。她也戴着一个神秘的无线耳机方便和前台交流，她歪着头听，就像在听什么歌曲。

我环顾了房间一圈，室内重新装修的气味没有散尽。大屏的投影仪幕布换成了大电视机，墙纸也重新贴了，不过里面还有鼓鼓的小气泡，弄了满墙的牡丹花的图案。

看我脚放不进去，她弯腰在塑料袋边撕开一条小口，鼓起来的塑料袋才缓缓奄拉下去。

我以前怎么没有见过你？我问。

她也不抬头，依然蹲在一旁从她的小工具箱里拿出指甲锉、精油，还有一次性毛巾。

姐，可是我见过你啊。她笑着把毛巾叠成正方形，放在一边备用。你总点023，023走了，现在换成我了。

你怎么称呼？

王莹。

我的意思是你是几号？

986，姐。以后您记着点986就行了。她指了指衣服上的胸牌，又把手放进水里。

你老家哪儿的？

和023一个地方的。她又补充道，我看您也不常来了。

王莹继续埋着头，把手放在水盆里洗着。

023走后我是不常来了，来这里总会让我想到那段窘迫的时光，还有我当时咄咄逼人的室友。他也应该早搬离了西坝河吧？那之后我们就再也没有联系过。我想到023，想到她走之前给我买的那个绿色的杯子应该还在这里，顿然有种物是人非的感觉。

王莹，你有没有看到过一个绿色的杯子？

什么绿色的杯子，姐？

我摆了摆手想着算了，估计杯子早被新来的人清理干净了。谁还会留下一个杯子呢？

姐，你说。

我讲话你耳机那头听得见吗？

听不见，姐，你说。

我想找一个绿色杯子。可能还在023的柜子里，你能帮我找找吗？

王莹迅速地对着耳机说，黄顾问，黄顾问，罗马包房的客人找您。

果不其然，黄顾问很快就上楼了。姐，您叫我？她推开门，盘子里装着一盘洗好的圣女果。她把盘子轻放在桌边说，姐，我刚查了您的卡，还剩下五百多，您今天充卡吗？

278

充三千，送八百八十八。

我被她突如其来的话弄蒙了。不管您今天充多少，说完这句话看我没反应，黄顾问以为是自己诚意不够，她从门背后的挂袋里取出按摩价目表又说，今天我都再送您一个半小时推背。

我接过价目表单，放在枕头上说，我想请您帮个忙，帮我找个绿色的杯子。我看着黄顾问坐在另一张按摩床上，并没有挪动的意思。我又说，找到以后，充卡的事好说。

听到这句话，王莹也跳了起来。黄顾问对她说，赶紧去找杯子。

我叫住王莹，黄顾问你去就行了，她留在这里，再说还没到时间。

黄顾问一边往外走，一边又对着耳机说，罗马包房的客人要找一个绿色的杯子，你们快在自己的箱子里找一找，有没有看到一个绿色的杯子。镶金边的。黄顾问又对着耳机重复了一遍我的话，要镶金边的。

9

我躺平身体，房间稍稍安静下来。我问王莹，你说香山

279

的红叶红了没有？我转过头去看着她。

王莹像是被我吓着了，本来在给我推背的她，跨到另一张按摩床上，从她的工具箱里取出按摩精油，又倒了一些在手上说，姐，想啥呢？现在才8月份。

她把两只手掌合在一起，让按摩精油均匀地涂抹在她的掌心，又快速地搓动着，好让她的手不至于太冰凉。

她说，姐今天外面天气怎么样了？

我不说话，看了看窗帘很严实。我感受到她暖和的小手放了我的腰上在慢慢地往下按，然后在那里开始使力。你是哪里人？手怎么这么重？我直呼让她轻点，腰椎受不了。

姐，不是刚给你说了嘛，我是重庆人，和023是一个地方的。

王莹似乎觉得我不相信她，她就用重庆话说，023就是重庆的区号撒，姐不晓得吗？说完她哈哈大笑，用普通话又重新说了一遍，023就是重庆的区号，所以给你按的023才选了这个数字。

023是重庆人？也许我之前忽略了吧，不过也难怪，大家都只说是黄顾问的老乡，黄顾问的老家在哪里，我还从来没有问过。这样就能解释为什么023和171的关系好了，两人同一个地方来的。

你们旁边要开如家快捷酒店了吧？生意就更好做了。我把头埋在按摩枕里，那里面有一个中空的洞，但什么也看不见。

她的手又恢复到凉凉的感觉了，双手放在我的肩颈部位又来回滑动。是啊，我们都盼着它开业呢。

开业了，023还会再回来吗？想到023当初是因为明宫宾馆倒闭生意不好才被迫离开，现在她就能有借口回来了。

她不会了，她换到总店了，离我们四五公里吧。虽然以前我们都靠她养着，但是做我们这一行的，每过一两年就得换一个地方，不然没人点了。男人嘛，都喜新厌旧。

我吃惊地问王莹，那171呢？

什么171？没有171啊，哪里的区号？

这时黄顾问推门进来，晃动着手上绿色的杯子，后面还跟了两个帮忙找到杯子的女技师。她小声地问，姐，再给您加点水吗？

许　多

1

下了高铁，她和黎艳打了辆黑车。黎艳告诉司机导航到第五中学那个路口就可以了，大概是到了第五中学离阿芳的家就不远了，很明显车是不能直接开到她家门口的。

她从上车开始就什么话都没说。决定去看阿芳其实也是她的主意，可是她连个电话都没有提前给阿芳打过，她只是突发奇想地告诉黎艳，我们去看看阿芳吧。黎艳给阿芳打了电话，两个人就成行了。她看着窗外，车子在城外的道路上朝阿芳家所在的县城行驶，沿路空置的烂尾楼使"荒郊野外"这个词，在她心里有一种错乱的层层叠加感。风从司机摇下的前窗呼呼地往后座刮，减速带和车轮碰撞的声音，嗡嗡地在整个车里响着。

导航上显示只有九分钟时，黎艳打电话给阿芳说还有几分钟就到了。手机里传来了阿芳惊讶的声音，这么快就到了啊。她以为接下来会听到阿芳尖细如银铃般的笑声，但阿芳没有笑。电话挂断。这么多年没有见了，她想着阿芳匆忙从家里跑出来，等在路边的情形。她无法想象这个心比天高的阿芳回到县城老家之后，是怎么生活的。

阿芳叫梁芳，她们三人一起上大学时，住在同一个寝室，她们亲昵地称她阿芳。阿芳学习好，性情孤傲，几乎只有她们两个朋友。大学毕业后，她们都工作了。很快阿芳结婚了，婚后她不肯生孩子，跟前夫有了间隙。她的前夫在一家公司做管理，收入可观，没有太多的想法和追求，生孩子是他的最大心愿。而阿芳又说要去北京的传媒大学继续求学，两个人便离了婚，阿芳两手空空开始北漂。在阿芳的心里，前面永远充满着无尽的光明，无限的可能。

一晃很多年过去了，她又回来了，她们还这样叫她。阿芳思想前卫活泼，不愿将自己与某一件事情捆绑起来，又强调生活的多样性，所以她从北京回来后，没有再找具体的工作，她住在前夫的旧房子里读书喝咖啡。她说，钱可以足不出户，一样挣回来。她的家就是她的工作室，窗明几净的书桌上摆着水插植物，即使光线并不如新房子那样明亮，植物也生长得葱郁可人。

2

车很快开过了老街的巷子，阿芳侧着身子站在太阳底下，没打伞也没戴帽子。好几年没有见到阿芳了，车停在阿芳跟前，她都没认出来，直到阿芳笑起来。

阿芳穿着一件棉麻的白灰色衬衣，直筒的深蓝牛仔裤，下面穿着一双黑白棋盘格的帆布鞋，那是很多年前流行的款式了。阿芳露出的脚踝颜色比她脖子的肤色还要深，脚踝一圈还能看到一些有些溃烂后脱屑的瘢痕。她把头发绾得很高，像丢在地里的一把枯黄的稻草。她看到阿芳时的感受，让她更进一步确信沿途那些空房子烂尾楼在心里叠加出来的错乱感，其实是一种深藏未露的挫败感生出来的镜像。

司机下车来先打量了一下阿芳，又看了看黎艳和她，想从她们简单的交流中判断出她们三人之间的关系。司机绕到后备厢，将她和黎艳出门前去超市买的泰国香米和菜籽油提了下来。她从司机手中接过了米油，又朝阿芳笑笑，阿芳面无表情地接过米油提在手里，三个人就那样站在太阳底下。

黎艳问："朝哪儿走，还有多远？"

阿芳把油桶放在地上，擦了擦额头的汗，朝一条水泥铺出来的小路指了指说："开三角梅的那里。"

她们朝阿芳指的方向看过去，远处是一片杂草丛生的玉米地，荒了的水田里长满各种杂草，蜉蝣在绿油油的水草里穿过漾起水漪，被风吹得乱蓬蓬的柳树立在杂草中央。她们跟在阿芳后面走到院门口，那是院子的后门。阿芳打开门，一条大白狗等在那儿，它没拴绳子，摇头摆尾地往人身上蹭。她们吓得往后退，阿芳说："不用怕，它叫许多，不咬人，温顺得很。"

跨过院门，她们看到宽大的院子里开满了各种秋天的花，院子中间有一棵硕大的桂花树，花的颜色已经变得金黄。院子里种着不同品种的蔬菜、花卉，每一小方块地边上都种了花，地就被各种花分隔开。南瓜、辣椒、黄瓜、小白菜，刚刚摘完豆的架子还没来得及扯掉，乱草沿着墙边地脚长得很高，院子前门和后门的三角梅开着浓艳的花，都爬到围墙外去了。南瓜藤混在墙边的杂草里爬得到处都是，金色的和青色的南瓜分别露在藤叶外面，还有一绺红辣椒长在一朵大丽菊旁边。

她们来之前，阿芳正在院子里挖土，锄头横在新翻的土里。这块种了豆子的地，杂草跟豆藤都被她扯在土沟里，还没来得及处理。她们走在阿芳后面惊叫，一进院子她们就叫了，好漂亮啊！顺着斜坡往下走时，她们又尖声叫了。黎艳停在一棵开黄花的树跟前，问是不是黄色的槐树。阿芳没有回头继续朝前走，她能感觉到阿芳对她们的叫声和问话感到高兴。

阿芳说："那是决明子。"

黎艳说："什么决明子，开这么好看的花？"就拿出手机对着拍照。她走在黎艳后面停下来看黎艳拍照，黎艳好为人师地教她怎么取景，又如何突出主题。

她凑过去对着黎艳的耳朵说："我心里很难过，我们就说夸奖的话，让阿芳尽兴。"

黎艳压低声音："我跟你的感受是一样的。"

两个人小心翼翼地从斜坡上往下走，两边开花的树也顾不上管了。她们很快就接近了阿芳家三层楼的房子，一抬头就看见史斌坐在二楼的窗子跟前。他笑容满面地朝她们挥手，看上去他挺好的，根本不像一个病人。

她们也朝他挥手。

3

两年前史斌脑中风晕倒在大街上，在医院住了两个月，半身不遂，话也不能说了。所以那夜他是否招待了台湾来的客人，成了永久的秘密。史斌跟一个台湾朋友合伙准备开饭店，说好朋友出钱，他出力，从选地点到装修，包括以后的经营都由史斌负责。

他们一起开的饭店已经准备就绪，过几天就要开业了，就是那个夜晚，史斌说从台湾来了几个朋友一起吃饭喝酒。晚上十一点多钟不见史斌回来，阿芳发了个微信叫他少喝点，便上床睡了。阿芳一觉醒来已是凌晨四点，伸手一摸被子是空的，史斌还没有回来。阿芳就坐起来给他打电话，怎么也打不通。她给他发信息发微信，收到的全是乱码。

平时阿芳并不在意他跟朋友开饭店的事。他天天忙进忙出，在屋子里转来转去地接电话，有时候还用她听不懂的福州话说，她一概漠不关心，只知道饭店大概的街道位置，别的一无所知。阿芳不属于在生活上非常世故的人，她心里总向往着一个连自己也不明白的远方，她向往它，迷恋它。阿芳喜欢读书，喜欢旅行，喜欢漫无目的地从一个城市换到另一个城市，好像从不计较得失与结果。前夫受不了她这样不着天不着地的性格，但史斌却欣赏她。

第二天一早，阿芳接到警察的电话说，史斌摔倒在大街上，已经送往医院。阿芳赶到医院，他还在手术室里抢救。

之后史斌就一直在床上躺着，阿芳东奔西走，各路朋友出手相助，还清医疗费用后，生活难以为继。本来两个人就是有一搭没一搭地生活，这会儿史斌躺下了，阿芳就是想出门找个工作补贴家用都不可能了。

有一天，阿芳给她打电话说要带着史斌回县城老家去。阿芳在电话里告诉她，他们欠了几十万的信用卡额度。

"怎么会欠那么多钱？"

阿芳说："这些年刷信用卡，总是拆东墙补西墙，利滚利越欠越多，得把房子卖了还银行的钱。"

她沉默，她无法想象怎么可能刷那么多钱，她猜想他们一定是在网上被人骗了。前几天她的一个同学打电话跟她借钱，说自己在网上买地被人骗了一百万，想要她借个几万块钱给他救急。网上被骗？她想不明白。所以她也不多问阿芳具体情况，这么多年来阿芳通过五花八门的方式挣钱，没想到她还会被骗。

记得有一年阿芳约黎艳和她去喝咖啡，阿芳那天化了淡妆，脸上还扑了腮红，看上去格外动人。阿芳妆容里的那种精致感是只有大城市的女性才有的，阿芳那天的笑声和她的妆容一样好看。她一直有着银铃般清亮的笑声，知性、阳光向上。她们还在一起上学时，阿芳的笑声就有种引力一样的东西，牵扯着黎艳和她聚集在阿芳前后。虽然有同学说阿芳心比天高命比纸薄，她们还是愿意相信她与众不同的笑声以及不甘平庸的活力。

那天阿芳召集她们来说自己投资了一个旅游项目，她们凑在一起听阿芳谈投资前景。

阿芳做的项目投资成本不高，几千元就能成为会员，关键是将来要成为高级会员，有钱赚还可以满世界地旅游，住着豪华大酒店，刷自己会员卡里的积分。

她跟黎艳都不相信这种类似天上掉馅饼的好事。三个人还在说的时候，史斌风尘仆仆地走了进来。他打断她们的谈话，满怀激情地又说了一遍投资的事，还拿出了他随身携带的电脑，从侧包里摸出了一个 U 盘，播放他早就准备好了的 PPT。他说得比阿芳更专业，更让人向往。当时史斌还兴致盎然地对阿芳承诺，赚了钱要给阿芳补办一个豪华婚礼，红地毯要从省城一直铺到阿芳的老家门口。

4

史斌是马来西亚人，一直在台湾生活。在网上认识阿芳后，他就从台湾过来定居了。

其实阿芳回来后，也并没有打算长期留在这里。她暂时住在前夫的房子里，前夫重新结婚后，就搬到新买的房子里去了。阿芳一直寻找着再次出去的机会，她说婚姻是一个女人的二次投胎，没投好就毁了。所以她活跃于各种相亲网站上，久而久之她成了各大网站的高级会员。她的婚姻理想是嫁到国外去，她认为只有老外自由的思维才是适合自己的。

史斌最开始说他在台湾有一个生产硬盘之类的什么厂，来这边就将厂变卖了。因为是急卖，也就没卖到几个钱。史斌说卖了几百万，阿芳说是几十万，不知道他们的话谁是真的，反正不管真假只要有点钱，就该为阿芳感到高兴。

黎艳私下一直认为史斌根本没有什么厂，也许他就是一个世界级别的传销分子，他能说会道，经济理论思维都是国际化的表述。在她看来都是些大而无当的理论，没有实际的可操作性，太高大上了。他跟阿芳一样非常关心时事政治，对国际政治的风云变化，有独到的细致入微的解读，这一点他们俩倒是一对志同道合的人儿。黎艳的话虽不无道理，她却更愿意相信他的确有个厂子卖了。

这些年，大学同一寝室的人，只有她们三个人还在来往。黎艳和她留在原地直到成家都没有动过。阿芳刚去北京那阵曾动员过她们一起去，阿芳新认识了不一样的老师和同

学，北京发展空间大。而在她们还没有起念去北京时，阿芳
又到英国交换学习一年。英国对她们来说太远了，阿芳在过
去的好长一段时间里，成为她们可望而不可即的人。她们羡
慕阿芳敢作敢当，一直为心中的梦活着。她见过的世面，还
有她自由的选择，都让她们难以说不嫉妒。很长一段时间她
们都闭口不提英国的事。当初阿芳回来的时候，黎艳还幸灾
乐祸地跟她说，阿芳也有今天。她问黎艳怎么这样说话，黎
艳回她，别装了，朋友就是这样的，怕你吃不饱，又怕你吃
得太好。

5

　　史斌第一次来见阿芳时，坐的是头等舱。阿芳当时刚跟
前夫清算完房钱，本想带着这笔钱和史斌一起回台湾的，没
想到史斌却提出在大陆住。阿芳从前夫的房子里搬出来后，
就到城边的金樱园租了房子，也许是为了迎接在网上认识不
久的史斌，才租在了这种比较贵的小区。

　　阿芳英语非常好，熟悉各种电脑软件，还喜欢上各种社
交媒体，跟来自世界不同地方的人聊天，借此了解外面发生
了什么。阿芳向往外面的世界，痛恨因循守旧的生活，认为

所有的陋习在自己家乡的那个小镇最为集中。她说一听到那边的人在街上扯着嗓子说方言，她脑袋就要炸了。阿芳几乎不跟小镇上的人有任何来往，离开小镇后，她就没有再回去过。阿芳的母亲去世时，她回小镇安葬完母亲就匆忙返回，生怕那儿的空气都会让她沾染上陋习。阿芳从小坚持说普通话，除非被人当场揭穿，不然她绝不会说自己来自那里。她住的那条街叫芦营坡，但她从小就说自己家住在芦营路，差一个字，好像"路"要比"坡"发达，"坡"字听起来就很野蛮。

她跟黎艳去了阿芳租的房子见史斌，算是作为她的家属，对他表示礼节性的欢迎和看重。她们刚走进小区，就碰到阿芳和史斌两人抱着被子在花园里晾晒。阿芳把头发绑在后脑勺上，穿着一条棕色的灯芯绒背带裤，时不时地教史斌要把被子的四个角拉好，还要同时进行拍打。整个花园里都回荡着她和史斌的笑声。阿芳把她抱的被子搭在绳子上，简单介绍了一下，就告诉她们房子在二单元102，门开着，让她们先进去坐。史斌跟她们先前想象的还不一样，没有阿芳高就不说了，看起来还比阿芳大了不少，像个无所事事的老头。

进了门，她们看到史斌的头等舱机票在茶几上，便相互会意地看看对方。好事的黎艳拿起机票说："看，头等舱。从台湾飞过来要多少钱？"然后黎艳拿着机票翻来覆去地找价格，没找到就悻悻地把机票放回茶几说，"或许真的是个大款，可是为什么他要让我们看到这张机票呢？"

阿芳和史斌一前一后地进屋来，史斌从饮水机里用一次性杯子给她们一人接了一杯水。阿芳从厨房拿出他从台湾带来的小吃，是那种绿豆糕，还有桂花味的云片糕，都是超市里常见的点心。她们边吃边夸好吃。史斌说起话来彬彬有礼，一看就是见过世面的。阿芳叫史斌到门口的食府订个包厢，屋子里只剩下她们三人。阿芳说他是美籍华人，从小在美国读书，家中已无亲人。她们夸阿芳运气好，找了一个自己心仪的人。她们又问阿芳他大她多少岁？阿芳像是从没想过这个问题，或者他们两个人也从来没有谈过这个问题一样，迟疑地想了一下说："大概十多岁吧，反正我还没有问过他的真实年龄。"

三个人沉默片刻转移了话题，她们说到阿芳的前夫，说到他给了阿芳多少夫妻共同财产，为什么不在离婚时就把钱算给她。阿芳说当时前夫在投资书画，很多钱都押在上面了。说着说着话题又回来了，阿芳说史斌是个不可思议的人，给她带的礼物居然是两袋台湾产的酱油。三个人笑得前仰后合，觉得史斌真是个细致到怪异的人。

黎艳说："笑归笑，你也要认真考察，不要上当了哦。"

阿芳没有说话，她觉得黎艳讲话一向太现实，整天沉浸在自我的激情里，对外面的世界一无所知。阿芳有时认为跟黎艳讲话会带来霉运。黎艳总是以一孔之见来评说世界，到头来还指点她。阿芳认为黎艳肯定是在嫉妒她。以前她和前夫在一起时，黎艳因为自己丈夫在外面莺莺燕燕的，就反复提醒阿芳同样也要注意。没影儿的事儿，黎艳这么一说，就让人硌硬了，像是黎艳对阿芳的诅咒，诅咒她和黎艳受一样的苦，遭一样的背叛，才能证明天下乌鸦一般黑，谁也好不过谁。

后来，史斌再次来看阿芳时，什么也没带，给她们三人一人带了一瓶台湾酱油。黎艳越发怀疑史斌，造成阿芳和黎艳很长一段时间都不往来，还彼此在微信上拉黑过。

6

许多在阿芳前面跑，直接冲进屋子。接着，又从屋里蹿出一条小狗，它白色的毛已经发黄，尤其是嘴角两边黄得发黑，泪痕严重得拖到了下巴上。小狗头上的毛蓬乱地朝两边飞，这让它跑起来的姿势倒的确有点像在飞。

她问阿芳："这个是从哪里来的？"

阿芳放下东西，蹲下身摸了摸小狗说："小绵羊啊。"

小绵羊是前夫留给阿芳的。当时阿芳看妇科查出来得了多囊，前夫就给她买了这只比熊。小绵羊一边走，一边转过来对着她们乱吼乱叫。她记得小绵羊的模样，在城里时，她真的像一只小绵羊，阿芳带着它散步，给它买各式各样的衣服，回家还要用专用的湿巾擦脚，它就像一只玩具那样雪白地躺在沙发上。后来正是因为小绵羊，她也养了两只比熊。

阿芳将她们引进一楼大厅，进门处有个红木的圆饭桌，红木雕花的沙发紧紧靠在门边的墙角，上面的垫子因为久无人坐便结了一层灰。朝着一排窗户的那面墙，有两个老式书柜，大概是阿芳父亲以前用过的书柜，书柜里摆满了杂乱的书，历史、文学、杂志、中医保健。下面那一层放着丁零当啷的各种玻璃杯，阳光从几扇窗户那儿照进来，玻璃杯之前没有擦干的水渍更明显了。客厅中间有个用三张桌子拼出来的长桌，一块当地的蓝染布盖在上面，如果不低头弯腰看，就像是一整张木板做的桌子，很气派。桌上插着的玫瑰花干了后落了灰尘，倒是和周围的环境很搭配，透露出一种陈旧的气息。

她们在大厅的桌前对着阳光坐下，三个人很久没见过面，却也很亲热。阿芳也笑，但是感觉她铁青灰的脸不像过去那样了。她看阿芳，阿芳不看她，避免和她产生任何眼神交流，心里像藏着什么，话语透不进去，她也走不进去。也许阿芳心里，还有很多落寞的芥蒂，横在那儿挡住一切外来的纷扰。

　　一楼的洗手间很大，地板松脱的地方，已经补上了另一种颜色的砖。还有一些裂开的瓷砖没来得及换，看上去像是满身的补丁。挡在淋浴房前的玻璃门已经彻底坏死，歪歪扭扭地卡在那里，让她感觉到大概是阿芳母亲过世前就一直那么卡着，那么多年过去了，父亲另外成了家，就没有再修复过。阿芳说她搬回来的时候，院子里全是水泥沙子石头，还有爷爷那辈人住过的房子拆下来的屋梁，整个院子的清理就花了两周的时间。洗手池生锈的拉槽里落满了细碎的锈粒，周围的陈年污垢已经没有办法清洗。陶瓷盆从边缝裂开一直到了水管那里，滴滴答答的，一直有水声。如我们小时候在路边见过的公共卫生间那样，龙头生锈东倒西歪。

7

　　她们说了会儿话，阿芳在他们面前放了杯子，阳光照在水杯上反射出有些刺眼的光。阿芳挪动身体避开那束光时，她提议一同上二楼去看看史斌。

阿芳拉开挡在楼梯口的腰门，楼梯上整齐地顺着阶梯摆放了几双运动鞋。史斌坐在轮椅上在看电视。他看她们进来，特意调小了音量，又把自己的轮椅挪了挪，给她们把电视机前面的位置空了出来。她们跟他说话间，她转头看了一眼电视，电视里正在放意大利对阿根廷的足球比赛。他听得懂她们说的全部，就是说不了话，所以他总是笑着看着她们，让她们明白他心领神会。

她们将二楼的房间一一看了个遍。三间屋子，中间是他们的卧室，桌子上放了书和电脑，还放了园子里摘回来的鲜花，在明亮的阳光里给整个屋子增加了不一样的生机。她问阿芳："电脑是你用来工作的吗？"

阿芳一边用脚抵着门，一边把门塞塞进门缝里说："是史斌用来看球赛的，他不在客厅时就坐在桌子跟前看电脑。"为了不打扰他看球赛，她们走到了阳台上。阳台上有简易书架，搭着蓝色方格子布的小桌子上，有一本翻开的书。书旁的小瓶子里还插着黄色的决明子花。阿芳和黎艳站在晒着的衣服下面抱着手聊天。她朝院子外的那棵决明子树看过去，它的侧边是一棵皂角树，阳光下的黄花和皂角都生长得十分明丽。

阿芳正在看《种子的起源》，这是一本讲植物的书，书上说植物能够分辨男女善恶。她拿起书来对着阿芳说："你好像外国作家啊，屋子里到处是野花，院子外面是大自然，随处可以坐下来看书。"

阿芳这回才对着她笑了起来。在楼下时她和黎艳说，今天全部讲好话，夸阿芳家真好。实际上她说这话时，她知道自己是发自内心的。

她坐在小桌子跟前翻着书，可以看到屋子里的电视。史斌调高了声音，因为黎艳跟阿芳站在阳台上说话的声音干扰了他看球赛。她看到视频上梅西在奔跑助攻，解说员高亢地喊着："梅西一个漂亮的传球。迪巴拉！迪巴拉一脚抽射——球进了！"全场呼声一片，五个蓝白间条衫的队员抱在一起腾跳。她看到他的身体在轮椅里抖动，双脸透红，像是也要站起来了一样。

球赛中场休息时，他滑着轮椅进了卧室打开电脑，他担心她们一直站在那儿说话影响他看球。她们看到他进了卧室，便进到屋子里来了。这会儿球赛还没开始，他滑着轮椅从卧室里出来，他用手对着阿芳指了指那个塑料门帘。她们一同看向那里，她想起第一次迎接史斌时吃饭的餐馆，大门就用的这种门帘。她们看到中间两块错开了，阿芳以为他的意思是让错开的两块塑料帘子合拢，以免飞虫进来。阿芳走到门边合上帘子，史斌却呜啦呜啦地发起火来，意思是错了。阿芳又去动了一下帘子，这一次他不仅呜啦呜啦地叫了起来，脸也涨得通红，那个样子急得像是要从轮椅里跳出来打人了。阿芳突然笑了起来，她一拍手说："我知道了，这块帘子挡着你的进出了。"阿芳走过去，将另一块帘子拉起，卷到靠墙的电视机柜上。

史斌转动轮椅回屋看球赛去了，黎艳看了一眼面无表情的她，对阿芳说："他能自己上厕所了？"

阿芳转过身，朝楼梯走去："这个月才能自己小便了，这样我就轻松了很多，不然我出门买东西，都要一路跑着去跑着回来。"

她问阿芳："他会摸你吗？"

阿芳点了点头说："会的，他会摸我的脸，表示我辛苦了。"

8

她们三个人从楼上下来，坐到一楼大厅门边的饭桌前。

那是一张大理石桌面的红木饭桌，跟放在墙角的红木沙发一样，是阿芳的妈妈事业鼎盛时买的，就像二十多年前卫生间里有浴池，在小县城也是生活体面的人家才会有的。

阿芳进厨房做晚饭，决定来看阿芳又怕突然的到访给阿芳增加负担，她特地叮嘱黎艳打电话说晚饭就尝尝当地的米皮，其他的都不太想吃。

她们走到厨房看到阿芳在灶台上烧水。灶台保持了二十多年前的样子，台面上的瓷砖都掉了，不同时间里补上去的瓷砖东一块西一块尺寸不合，所以很多地方露着水泥。灶台先前烧蜂窝煤的出气孔废弃了，只好用报纸堵住。她们在厨房绕了一圈，又在外面走了走，她坐在饭桌前看从阿芳书柜里取出来的书。黎艳跑到院子里去摘辣椒、小瓜，用软水管给地里的菜和植物浇水。黎艳高兴而兴奋的声音从院子里传过来，说她好久都没这么快乐了。小绵羊蓬乱着发黄的毛跑进跑出地朝着院子里乱咬乱叫，它的眼神散乱在太阳光里，像一只被烧过的毛线球在风里卷过来卷过去，很难想象那是一只在城市里生活过，且曾经养尊处优的狗。

黎艳回来时哼叫说蚊子太多了，秋天的蚊子都等着过冬，她撸开衣袖，手臂上一排全是蚊子咬出来的疙瘩，一挠全都红了。她起身走到书柜跟前，看见那些放得东倒西歪的书上落满了灰尘，她拉开柜门抽出一本，就闻到久不见阳光呛鼻的霉味，又赶紧将书放回去关了柜门。

阿芳走进来说："给，擦一下就好了。这边的母蚊子毒得很。"阿芳拿的是从泰国买来的药膏，药膏基本没怎么用过，表面还有刚开瓶的那种光滑的压痕。黎艳往瓶子里面抠了好大一坨出来，边抹边说："为什么这边的母蚊子这么毒？"

阿芳说："因为公蚊子不咬人。"

阿芳合上药膏，转身走进厨房端来一盘水果。朱砂红的盘子大概有很多年都没有洗过，至少没有用洗洁精洗过，每次用时都是用水冲一下，就装着西梅出来了。黎艳边打蚊子边吃西梅。她拿了一个最中间的，上面的西梅失去了支撑，滚在了地上两个。阿芳从地上捡了起来，往身上擦了擦灰，咬了一口。

黎艳笑着说："这些蚊子肯定认识你，不然怎么不咬你啊。"说着，她往脸上打了一巴掌，一只蚊子死在了她的手上。

阿芳又从厨房抬出早就拌好的肉末来做浇头，开水焯过的豆芽，还有黎艳刚摘下来的辣椒和瓜都切好了。阿芳抬出三碗米皮。

"你们自己放作料啊。"说着阿芳就伸手往碗里抓了一撮豆芽，接着又用手把葱姜蒜都抓进碗里，一连串的动作自然而熟练，坐下来就用筷子搅拌。平时很喜欢吃豆芽的她，就只往碗里加了辣椒肉末，因为她有严重的洁癖，她觉得阿芳的手汗碰到了那些豆芽。黎艳学着阿芳的样子把所有的作料都加了一遍，两个人都吃得很香。

窗外有一条河，她坐的地方可以看到那儿有一片绿茵茵的水草，太阳通过河边的杨柳树照进院子里。许多温顺地趴在桌边看着阿芳，小绵羊则疯跑过来跳过去地往阿芳身上爬。阿芳从嘴里吐出肉末，放在手里，让小绵羊舔着吃。

她说："你不是跟我说狗狗不要吃盐吗？"

阿芳又拿起筷子："它也活得差不多了，超过了它该活的时间了，想吃什么就吃吧。"她转头看许多，示意许多也过来，又从嘴里吐出肉末喂给许多。

"许多的眼睛和毛发都长得很漂亮。"阿芳高兴地摸了摸许多的头，"许多很多年前跟着我爸爸一路走回来，进了门就不走了。我们搬过来时，它满身都是皮肤病，后来把它毛剃光了，用金霉素眼膏给它每天擦一遍，才慢慢好的。"许多拱了拱阿芳的手，表示要再摸摸它的头，"生了病这么快就好了，它知道自己的身份。"

她们笑。

阿芳说："你们别笑，它真的知道自己的身份。从来不像小绵羊那样跑上跑下，听到声音就乱叫。"阿芳显得比她们刚来时高兴了许多，"我昨天才带着许多去参加了中学同学老公的葬礼，我在院子里采了一把决明子花放在他的墓碑前。"

她也伸出手摸了摸许多，许多很温顺地躺下让她摸，她说："真好，就像外国人。外国人的墓前就是放的那种野花。"

阿芳仰起头来，笑出一串银铃样的声音，回道："我以前认为自己没法跟这里的同学相处，我们回来都几年了，只有两个最要好的同学知道。其实他们都挺好的，他们还约好了过几天来我家玩。"

她问："阿芳，你上学时他们来过你家没？"

阿芳又笑起来说："没有。"

她也笑了说："对哦，你妈是校长，攀不上你。"

阿芳又是笑，她说她之前就是环保主义者，现在更是，而且还是自然主义者，化学的东西都不用，洗头用皂角，洗碗、洗衣也用皂角，蔬菜全是地里长的，真正明白了物尽其用。每年地里种的洋芋和红薯都吃不完，辣椒茄子豇豆晒干了，还有那么多老南瓜可以吃一个冬天。说到鱼时，阿芳笑得更开心了，鱼可以用网子到河那边的水草稻田里去网，小鱼都晒干了，我表妹来看我时，我就给她带回家。

阿芳背对着那束金灿灿的光，头发和衣服都透体通亮。

9

离开时，阿芳拿出套绳拉住了许多，小绵羊又冲出来，双手趴在许多的身上，摇着尾巴。许多耷拉着耳朵。"小绵羊，你回去，不能带你出去，你疯得很。"说着，阿芳就把小绵羊搡进了屋里，把门带上了。

阿芳这次打开了前面的院门，她们三个还是一前一后地走着，小绵羊的呜咽声渐渐淡了下去。一堆野猫蹲在那个小土坡上，阿芳叫着大橘、二橘，和它们说着话。猫听懂了阿芳似的，一个个跳到高墙后面去，消失不见了。

太阳落到杨树后面去了，余晖映在长满水草的那片田地里，发出刺眼的光芒。河水的声音在傍晚时分也变得不同，好像清澈了很多，十分响亮。

阿芳带着许多站在原地看她们离开的背影。

她转身对着许多挥了挥手说："许多再见！"

阿芳大声地回："它叫喜多！"

夕阳的光影落在阿芳和许多身上，他们被染成了红色。

后记：在遥远的未来，一遍遍地被爱

在大部分时间里，我感觉自己是一个外来者。这种感受从一开始，就出现在了我的写作中。《飞往温哥华》《街区那头》《又一个春天》《重构记忆的蝴蝶》，还有现在的这本《外面天气怎么样》。它们总有一种内与外，此岸与彼岸，这个和另一个，现实与想象之间的对照关系。这种空间的隔绝感让人无法回避，也成为理解我小说的入口之一。

过去我总生活在这样的状态下：离开一个地方，去到一个陌生的、举目无亲的城市重新开始。我搬离了太多地方，这种经历让我对某些东西逐渐感到麻木：比如失去，比如被夺走。我早已懂得不要拥有太多衣物、书籍还有生活里的非必需品。

它让我想起打游戏时任务通关，当人物开辟新的地图、新的荒地，他得重新耕种，重新劳作，然后做好随时失去眼前一切的准备。

对我的故乡、我生活过的城市、我的家庭来说，我一直是一个偏离的数值，两个互相交织的圆里出现的阴影地带。我常在这样的地带里感到无所适从，试图寻找归属。然而，这次我惊讶地发现在《外面天气怎么样》里，出现了一个之前不曾存在过的主题。

我不再确定自己是否想要真正融入，或者冲破某种边界。我对隔阂开始变得熟悉。我开始逐渐在黑暗中，摸索着一个又一个隐秘的、不确定的幽深地带。它们如同维米尔的画作《倒牛奶的女工》中，光从侧旁的窗户折射进来，女人柠檬黄颜色的上衣上出现的一道道晦涩的皱褶。

《外面天气怎么样》共收录了八篇小说，女主人公们来自不同的城市，住在北京不同的角落，处于人生不同的阶段。我写她们的时候，也写我自己、我的母亲、我认识的朋友，甚至是那些我未曾谋面，但却在电视或者新闻里出现过的女人。我们都在极力用自己的方式去经历、忍受、辩解、盼望，还有重新获取确认。

归根到底，我想写的不是她们日常的挣扎与痛苦，而是时间 —— 时间如何在这些女人们的身体里流动、腐蚀和沉淀。我希望在女性的身体、疾病、老去、抑郁、失语等等这些生命经验之中，找到一种平衡的方式：那就是或许不应该去讲述，而是去陪伴；不是试图去解释，而是去承认它的复杂与沉重。

写作并非选择。写作更像是一种对我们所有遭遇更迟钝的回应，一种面对命运，几乎无声的抗议。我们坐在桌前，不是为了表达什么，而是为了逼近某种沉默，那种我们试图命名，却又总是失败的东西。

我想文学对我们所有人来说，不是为了让我们变得更强大，而是允许我们在软弱中停留片刻，不因我们会有这样的时刻而感到羞愧难当。

最近我脑海中总出现王尔德出狱后，到他去世前的那段日子，想象那时候的他，贫困潦倒、衣衫褴褛、营养不良，走在巴黎街头跌跌撞撞，狼狈不堪的样子。在那不勒斯的某个街角，他和情人波西短暂相聚，两人可能还一起点了几支烟。那时候，他或许认为生活可以重新开始，经历了如此多的伤害，他可以平静地度过后半生时，波西离开了他。他孤独地在巴黎的阿尔萨斯旅馆死去的念头，时常让我感到难以忍受。

我在巴黎时，去拉雪兹神父公墓拜访过他的墓地，石碑被玻璃团团围住，上面有许多游客和来访者的口红印，墓碑上扔满了白玫瑰，那个场景已经让人很难想象，他在死前是多么悲凉、无助。这让我想起他的诗《济慈墓地》：他的名字写在水上。

我想因为这本书的出版，书里所有女性所经历的一切不再毫无意义，不再空空如也，她们的名字都将写在水上。

《外面天气怎么样》里所包含的八篇小说，形成了某种奇异的对称关系，大部分甚至可以对照阅读：

《初雪》和《11号病房》都在写女儿和父母之间的关系。《初雪》里刚被裁员的穆小小，突然接到了父亲的死讯，她在无法原谅与血浓于水之间，反复地撕裂与缝合。《11号病房》里的何瑾秋和她母亲病态地相依为命，彼此为镜。这两篇小说皆是在写无法选择的血亲纠葛、挣扎与对抗。每个人都在用自己的方式，在漂泊的路上寻找着方向。

《失忆蝴蝶》和《呼吸》是两位婚姻中的女性。《失忆蝴蝶》中，她挣扎在无爱的婚姻里，被挤压、感到窒息、彷徨、不知所终。她在对爱情的想象和向往里，开始对这个世界有了觉察。她爱上了另一个已婚男人，遥远隐秘的爱情，如同月光反射于水中，让情感流亡其间的她看清了婚姻的真相。《呼吸》里的她在精神与肉身的暴力中，渐渐迷失了自己。这种类似"流放"的畸形压榨与谅解，形成的小说空间，如同枷锁一样充满了坚固的锈迹。时间和数字串联成一个个谜团，死亡如同抛物线那样连接小说的终端与开始。

《爱不逢人》和《回声》关于两个困在爱中的未婚女人。《回声》里的那个爱而不得的女人，在家里听到一次又一次，将她拒之门外的回声。而《爱不逢人》里，所有女性角色的名字都与草有关。这里面的每一个女人，虽然都在经历各自的苦痛艰难，她们却有着草一样顽强的生命，让我无数次想到，地砖缝隙里长出来的野草蓬勃而独立。

《外面天气怎么样》关于一个刚来北京，对北京满怀憧憬，与人合租的年轻女孩。而最后一篇小说《许多》，是一个漂泊多年后，决定离开北京，回到故乡的女人。一个讲述着抵达，另一个讲述着离开。

《许多》表面上是写一个心比天高命比纸薄的女性命运，实则是试图追寻命运重叠的轨迹，女主人公阿芳已然超越性地融进了之前的时间，与那块土地在不知不觉中相融相济。她们家废弃的老宅，因为她的重新到来变得生机盎然，自然生命的照映给了阿芳丰沛的内涵支撑。这既是一种命运的妥协，也是一种对抗。在这个沸腾的世界里，阿芳重返自己一直对抗的故乡。但它却厘清了与这个喧嚣世界背离的本源，重返何尝不是生命的另一处路径。

小说里大部分女人们经历的瞬间常常被忽略，或者被认为不值得深究，但它们在某种程度上是我们存在的证明。故事中的人物似乎在大多数情况下，并没有做出什么重大的选择，她们的生活在重复与惯性中流动。可就在这种流动中，一些小小的瞬间闪烁着无法忽视的光芒，而这改变了她们的一生。

我曾与人就此发生过一段"争执"。有人告诉我看完威廉·特雷弗的小说后，他说，世上没有任何一个瞬间——尤其是我们当下正经历的瞬间——重要到足以改变我们的人生。我当时固执笃定地告诉他，一定有这样的时刻。现在，我依然坚信着有这样的时刻。

就像我小说里写的那样，它们往往是一个几乎被遗忘的瞬间，或是一个对未来的简单展望，甚至是某种在当下发生的小小偏离。但正是这些时刻，决定了我们的生活。

我总试图向自己阐释写作的意义。罗兰·巴尔特曾提到一个场景，让他感动万分。前不久，当我读到这段文字的时候，我几乎要落下泪来："在摩洛哥，某日我独自驾车沿着干线旁边的小道，朝本苏莱曼方向缓缓驶去，看见了一个坐在旧墙上的孩子——这表明春天来了。"

多么迷人的描述啊，这个场景几乎在这样的虚无中否定着虚无，一个刚刚萌生的生命紧紧地贴着另一个生命，我们作为旁观者即将目睹时间永恒的循环。如今还有我们不知道的地方，有一个孩童正坐在高处，他汗津津的后背正紧贴着砖墙，他面前的小道充斥着伙伴们的呼喊以及汽车的喧嚣，不远处后厨的烟囱冒着腾腾的热气，两个工人架着梯子，柏油马路上回荡着梯子两端划过路面尖利的回声。

纳博科夫写道："加宁一把推开窗子，把自己连脚带人安顿在了窗台上。丝绒拉绳微微晃动着，白杨树间黑黢黢的星空让人想深深地长叹一声。那一刻，他郁郁地坐在厕所的窗台上，想着他也许永远永远都不会认识在纤柔的脖子后面扎黑色蝴蝶结的那个姑娘，他徒劳地等待着夜莺像费特诗中所写的那样在白杨枝头鸣叫 —— 现在加宁认为，在他整个生命中那是最重要，最崇高的一刻。"（《玛丽》）。

我们苦苦寻找的崇高难道不是人生中那一次次出乎意料，却改变我们一生的小小偏离？ 难道不是那个坐在砖墙上陌生且遥远的孩子？ 难道不是那个久久回荡在费特诗中，后又在加宁心中彻响的那只夜莺？ 水波推动着竹筏，写作让我们得以完成这样一次次的寻找：写作使我们获得形而上的一种幸福与安慰。在这个世界里，不可能的将化为可能，缺憾得以补全，不宽恕的得以忘却，失去的得以被寻回。在这里我们获得了完整的幸福，是与我们终将无关的幸福，是和大地、永恒这类意象盛开的幸福，消融了我们生存的恐惧，取而代之的是一种更高尚、更永恒的幸福。哪怕此种幸福注定不会与我们相关。而且它必须与我们无关。

如今风中依然摇曳着的那根灯盏上的丝绒拉绳，窗外夜莺鸣叫，太阳重新升了起来。我们再次凝视天空，在微弱的日光里找回自己的尊严。哪怕我们都会消失，但是我们几乎有一点能确信，那些周而复始的、深刻的愿望，虽然此刻低垂着额头，但是它们不会被遗忘。我们在艺术中将获得一种清凉的、潮湿的、荫蔽且芬芳的生命，获得另一种存在的方式：因为写作，我们未来确信会被爱，被某个遥远且陌生的人一遍遍地爱。

蒋在

2025年7月于北京